Andreas Thomas

Auf dem Lande

Fragmente eines Jahres

Umschlagfoto: Andreas Thomas

Dank an Wilfried Schnitzer für seine unverzichtbare Unterstützung sowie an Claire McGrath für ihr Dasein

Bibliografische Information der Deutschen Nationalbibliothek: Die Deutsche Nationalbibliothek verzeichnet diese Publikation in der Deutschen Nationalbiographie; detaillierte bibliografische Daten sind im Internet über dnb.dnb.de abrufbar.

Verlag: BoD · Books on Demand GmbH,
In de Tarpen 42, 22848 Norderstedt,
bod@bod.de
Druck: Libri Plureos GmbH, Friedensallee 273,
22763 Hamburg

ISBN: 978-3-7693-2041-1

Für meine Eltern

Prolog

Es war Freitag, der 16. Januar 1981. Nonhoff hatte sich schon auf das Wochenende gefreut. Er war aus der Schule gekommen, und nun dachte er daran, ein schönes kühles Bierchen im »Holzbock« zu trinken, bevor er nach Hause fuhr, um ein paar Sachen zusammenzuwerfen, um dann nach Gundlingen zu seiner Freundin zu fahren. Er war ganz zufrieden mit seinem Leben, denn er war endlich im Schwimmunterricht kein Loser gewesen. Er war vom Startbock aus gesprungen und hatte ganz gut im Wettschwimmen abgeschnitten. So gut, dass sein Sportlehrer ihn tatsächlich gelobt hatte. Das war ihm noch nie passiert, soweit er sich zurück erinnern konnte.

Auch in Mathe war er guter Durchschnitt und generell war er ein anerkanntes Mitglied des Berufsgrundbildungsjahres Holztechnik. Er wusste zwar noch nicht genau, wo er die anschließende Tischlerlehre machen konnte, aber das würde sich schon irgendwie finden. Sein Leben war in Bahnen, er fühlte sich als akzeptierter Teil seines Lebens, er hatte einen Platz in der Welt.

Im »Holzbock« entdeckte er einen Bekannten, Helmi, und er setzte sich an seinen Tisch.

»Hallo, wie geht's?«, sagte er.

»Robert ist tot«, antwortete Helmi.

1

Nonhoff war sich sicher, dass er Helmis Äuße-rung akustisch falsch verstanden hatte, er musste wohl gemeint haben, ›Was machst du so?‹, oder ›Wie geht's dir?‹, und daher begann er zu er-zählen: »Ja, ich mache ja jetzt BGJ Holztechnik und das läuft eigentlich ganz gut, ich fühl mich ganz wohl...«.

»Robert ist tot«, wiederholte Helmi seinen Satz.

Auch wenn Nonhoff jetzt diesen Satz ver-standen hatte, konnte er ihn noch immer nicht begreifen, denn Robert war genauso alt wie er und er war 22, und da starb man nicht.

»Gehirnblutung, gestern, im Krankenhaus, Haf-fingen.«

»Ist das wirklich wahr?«

Helmi nickte.

I

Seit gestern hatte Nonhoff eine Glatze. Er hatte sie sich mit dem Wilkinson-Nassrasierer rasiert. Die Haare lagen im Waschbecken oder auf dem Boden. Nonhoff war es seitdem kühl um den Kopf. Er glaubte, dass er mit Glatze besser, da direkter, also ohne Umschweife denken konnte, weil die Gedanken sich nicht mehr in den Haaren verfangen konnten. Und wirklich war jeder Gedanke schneller und klarer gedacht als dieses Gegrübele vorher. Das merkte er ganz deutlich.

Er würde ab jetzt das Richtige denken, und deshalb würde jetzt endgültig das neue, das richtige Leben anfangen.

Er ging mit seinem Hund nach draußen auf die Felder. Ein frischer Frühlingsabend. Jupiter rannte umher und kam wieder zu ihm zurück. Sie trafen einen jungen, hageren Mann. Er sagte: »Der Hund ist okay, aber du gefällst mir nicht.« Er sah den verunsicherten Nonhoff an in einer Mischung aus Furcht und Verachtung. Nonhoff wusste nicht, dass er wie ein Nazi aussah. Er dachte, er sähe aus wie ein Punk. Nonhoff war vielleicht der einzige Punk im Umkreis von 50 Kilometern, und auf dem Land wusste man 1981 nicht sehr viel über die Moden in der Stadt. Tagaus, tagein trug Nonhoff seinen Blaumann. Das war der Überrest seiner Existenz als Tischler-Azubi. Den Blaumann wusch er praktisch nie, und manchmal verzichtete er auch auf Unterhosen, was ihm sehr punkig vorkam. Er merkte nicht mehr, wie er roch, und er merkte auch nicht, dass er nach Pisse und Hund roch, und er merkte nicht, dass seine Wohnung nach Hund stank.

Der Hund schlief immer in seinem Bett, wie früher seine Freundin Ilona, neben ihm, in der Länge seines Collie-Schäferhund-Körpers ausgestreckt. Morgens gähnte ihm der Hund kieksend ins Gesicht und drückte ihm seine Pfote gegen die Nase. Weil Nonhoff schlafen wollte, machte er die Tür zur Straße auf und ließ Jupiter laufen, damit er irgendwohin laufen und machen konnte. Manchmal hörte er von draußen Jupiters Bellen, wenn der einen LKW jagte, der die Durchfahrtsstraße entlang rumpelte. Einmal jaulte Jupiter, vielleicht war er ein bisschen von einem Auto erwischt worden, aber zu sehen war nichts. Nonhoff glaubte ziemlich fest daran, dass ihm oder Jupiter nichts passieren würde, weil es alles irgendwie geplant war. Und wenn etwas passieren würde, dann wäre es eben auch ein Teil des Plans. Einmal hatte Jupiter Nonhoffs einzigen Schlafsack draußen auf dem Flur zerfetzt, als Nonhoff noch schlafen wollte. Wie er den aus dem Hochregal runter bekommen hatte, war merkwürdig. Und irgendwann beschwerten sich die Vermieter, weil der Hund tiefe Löcher in den Gartenbeeten hinterlassen hatte. Nonhoff hatte keine Leine für Jupiter, Jupiter war auch nicht geimpft oder registriert. Er war überhaupt noch nie bei einem Tierarzt gewesen. Ein blondes Mädchen aus einem anderen Dorf hatte irgendwann vor der Tür gestanden und ihn gefragt, ob er nicht einen Hund haben will und da Nonhoff keine komplizierten Gedanken mochte, dachte er auch nicht lange über eine Antwort nach und sagte ja. Kurz danach kam sie gegen Abend mit dem Hund zu ihm. Der war noch klein und flauschig und hatte Knickohren. Es gab gerade ein Gewitter und der Hund war zittrig und verängstigt. Nonhoff sagte auf einmal Jupiter zu ihm. Dass der römische Göttervater Jupiter der Herr über Blitz, Donner und Regen war, wusste Nonhoff nicht. Es hätte ihn aber nicht gewundert, hätte er es erfahren, denn es gab keine wirklichen Zufälle für ihn, er musste nur alles geschehen lassen, dann wäre es schon okay.

Der kleine Hund verunsicherte Nonhoff, weil er keine Erfahrungen mit Hunden gehabt hatte und wenn, dann nur schlechte, Er hatte immer Angst vor Hunden gehabt, und auch das würde sich ändern, das musste er jetzt ändern. Überhaupt musste er jetzt mal ein Mann werden, ein ziemlich harter Kerl. Auch das war für ihn Punk. Keine Sentimentalitäten. Aber Jupiter weinte, als er da so vor ihm saß. Er weinte richtige dicke Tränen, und Nonhoff hatte auf einmal ein Herz für den süßen kleinen Hund und er wickelte ihn in ein Handtuch ein und redete ihm gut zu. Am nächsten Morgen waren die beiden Freunde.

Eigentlich waren sich beide ähnlicher, als Nonhoff wusste, denn beide hatten fast niemanden mehr, der sich sonst um sie kümmerte, fast nur noch einander.

Nonhoff wollte nicht arbeiten, er wollte Punk sein und Musiker (was auch immer er für Punk hielt. Er hatte Platten von XTC, Talking Heads, DAF, und eigentlich war es so eine Art New Wave, was er hörte). Und seine ordentliche und funktionierende Freundin Ilona, die zum Studieren in eine Stadt gezogen war, wollte er auch nicht mehr sehen. Es würde schon sich etwas finden lassen, eine Band, eine neue Freundin, ein anderes, ehrliches Punk-Leben.

Er wollte nicht mehr funktionieren, aber er wusste nicht richtig, wie das geht, das Nichtfunktionieren. Aber das würde sich zeigen. So wie er den richtigen Namen für seinen Hund fand, so würde er das richtige nicht funktionierende Leben schon entdecken. Wichtig war es, das alte Leben nicht mehr mitzumachen.

2

Magisch war für Markus Nonhoff der Buchstabe Z. Die wenigen Leute, die er hier noch kannte, nannten ihn Matze. Das hatte etwas Widerborstiges. Das Z schien ihm (neben dem A, das in einem Kreis geschrieben, für Anarchie stand) auch ein Geheimcode für Anarchie und Freiheit zu sein. Deshalb kritzelte er Wörter mit dem Buchstaben Z auf die Tapete in seinem Zimmer, die ihm spontan einfielen. Zeit, Zecke, Zitze, Zart, Zacken, Zackig, Zahn, Zerfall . . .

Vielleicht funktionierten sie als Mantra, als Schutz vor allen anderen Wörtern, aus denen die andere, die falsche Welt ringsum gebaut war. Und so funktionierte vielleicht auch die Glatze mit ihrem Z darin. Er musste sich eine Uniform, eine Rüstung aus Zeichen und Signalen zulegen, die ihn schützten vor dem Eindringen der Welt in ihn. Dieses Eindringen, das ihn bisher immer nur schwach und weichgemacht hatte, das ihn hilflos der Welt und ihren falschen und gemeinen Regeln preisgegeben hatte, den Schulen, den Arbeitsplätzen und den Autoritäten, die ihm andauernd zeigten, wie wertlos er war, was für ein nichtswürdiger Verlierer er war. Es gab entweder die Anpassung an deren Regeln, und das war der Zerfall des Ich, die Kapitulation, und der Tod von allem, was ihn ausmachte oder es gab die ganze, die absolute Verweigerung, den totalen Krieg: Keine Ausbildung, keine Angepasstheit, keine Zukunft, sondern ein rebellisches Jetzt, das keine Eurer Regeln und Konventionen mehr braucht, weil es lebendig und wahr und echt ist und nicht verlogen und demütigend, wie ihr. Ihr Scheißnazis, ihr Deutschen, in euren scheißspießigen Eigenheimen, Ehen, Berufen, euren verlogenen Verhältnissen, in denen ihr schon so jung zu Grunde geht.

Und es gab die andere Unterstützung, die durch die Zahlen. Denn es gab einen irgendwie vorhandenen Plan für Nonhoff, und er konnte die Zeichen, die ihm wohlgesinnt waren, die in die richtige Richtung führten, die für ihn überall erkennbar waren, sehen oder weggucken, und sein altes bedeutungsloses Leben weiterleben, und in der Belanglosigkeit untergehen. Seine Zahlen waren die Zahlen aus seinem Geburtsdatum, die Neun und die Sechs. Das waren auch die Zahlen von Yin und Yang, nur in der anderen Reihenfolge. Das bestätigte nur seine Wichtigkeit. Seine persönlichen Zahlen waren zuerst die 9 und dann die 6. Und immer, wenn sie ihm irgendwo begegneten, auf einem Kassenbon, bei Hausnummern, Telefonnummern und ganz besonders auf Autonummernschildern, wusste er, dass gerade in diesem Augenblick sein Schicksal besonders aktiv war, oder dass er gerade (z.B.

im Auto, als Beifahrer) auf dem richtigen Weg war. Und wenn es nur der Weg in die Disco war.

Nonhoff selbst hatte kein Auto, also auch kein Nummernschild, nur ein Fahrrad ohne Nummern. Aber auch seine eigene Telefonnummer passte nicht besonders gut zu ihm, weil darin nur wenige Sechsen und Neunen vorkamen. Übrigens war die wichtigste Zahl die Neun, weil sie in seinem Geburtsdatum zuerst kam, wenn er also auf einem Nummernschild eine Abfolge von etwa 999 las, dann wurde er sehr aufgeregt, weil gerade etwas sehr Bedeutendes vorging. Kritisch und gefährlich war eher eine Häufung von Sechsen, auch weil bekanntlich der Teufel die 666 als seine Zahl benutzte.

Als Nonhoff in diesen Tagen in einer Disco ins Gespräch mit einem jungen Bartträger kam, und ihm berichtete, welche Bedeutung für ihn sein Geburtsdatum hatte, antwortete jener, dass sein Geburtsdatum eher unattraktiv, da gleichförmig sei. Nonhoff sagte: Dann bist du also am 8.8. geboren? Das verblüffte seinen Gesprächspartner sehr, weil es stimmte. Aber Nonhoff wunderte sich nicht, weil er ja derzeit vieles wusste, denn er stand ja in Verbindung mit... Sollte er das den »Plan« nennen? Oder »Gott«? Oder eine »tiefere Wahrheit«, die man nur finden kann, wenn man sich auf sie einlässt, wenn man bereit für sie ist, wenn man den Mut hat, ihr und ihren magischen Zeichen zu folgen?

Und wohin und warum? Das hätte er nicht beantworten können. Ziemlich atemlos versuchte er, dauernd Zeichen zu finden, von Impuls zu Impuls, um sich von ihnen steuern zu lassen. Wohin und warum, das brauchte er nicht zu wissen, das wollte er nicht wissen. Vielleicht wäre es auch schon zu »erwachsen« gewesen, das zu wissen, bzw. eigenverantwortlich zu sein. Er dachte eigentlich, er wäre erwachsen, und er wollte unabhängig sein. Aber er war nicht fähig, auf seinen eigenen Füßen zu stehen, deshalb brauchte er, als Rechtfertigung seines Daseins den großen oder auch nur diesen persönlich für ihn zugeschnittenen Plan. Eine Bestimmung, Vorschriften und Hinweise von mystischer Hand, der er allerdings, ohne sie wirklich zu kennen, ja ohne sie überhaupt kennen zu können, bedingungslos vertraute, vertrauen musste, sonst hätte es nicht funktioniert.

Ein Erbe seiner Sozialisation in einem Pfarrhaus, in dem Gott immer dabei war, immer als Oberoberhaupt mit am Tisch saß und zuguckte und in die Gehirne der Familie hineinguckte. Und immer wusste, wer etwas Schlimmes getan hatte, so dass alle am Mittagstisch schuldbewusst dasaßen, weil sie wussten, dass sie immer irgendetwas Schlimmes oder Verbotenes getan hatten und weil sie wussten, dass Gott ihnen dabei zuschaute und es daher genau so wusste.

Nonhoffs aktueller Gott durfte nun nicht die Gestalt des alten, des »echten« Gottes haben, sonst hätte er ja keine Befreiung von der Vergangenheit, von dem Elternhaus bedeuten können. Trotzdem musste dieser persönliche Gott irgendwie nach dem alteingeübten Muster funktionieren. Sonst hätte Nonhoff keine Orientierung gehabt. Man musste sich diesem Gott bedingungslos anvertrauen können, und ihm, bzw. seinen Zeichen folgen können. Dass diese Zeichen in Wahrheit bedeutungslos, da Zufall waren, das war übrigens eine der übereinstimmenden Eigenschaften zwischen dem Gott der Zeichen des Vaters und Nonhoffs privatem Gott.

Nonhoff war zumindest so autonom, dass er es zu einem Gott gebracht hatte, den es nur einmal gab, und der nur für ihn existierte. Er dachte abstrakt an diesen persönlichen Gott des »Punk«, an diese eine Wahrheit. Dabei war etwas Unartikuliertes in dieser Gottheit. Sie beruhte auf den gleichen Mechanismen eines magischen Denkens, wie jene, mit denen Nonhoff unglücklich aufgewachsen war und die in ihrer dogmatischen und irrationalen Art die einzigen Verankerungen waren, an denen er sich hat festhalten können. Er hatte es eben nur so gelernt.

Nonhoff hatte ja immer wieder versucht, sich an dem kleinen Gottesboot seines Vaters festzuhalten. Er war immer wieder abgerutscht, und das Boot sah eher wackelig aus und der Vater selbst sah manchmal so aus, als würde er gar nicht sicher von diesem Boot getragen werden können.

Die Mutter lebte sowieso in ihrer Stille aus Kopfschmerz und Bettlägerigkeit und Kraftlosigkeit. Sie lebte parallel und in gegenseitiger Duldung mit Gott ihr trauriges, verschlossenes Leben im Abseits. Es gab keine ermutigenden Anhaltspunkte, dass »Gott« wirklich ein sicheres Boot sei. Aber trotzdem gab es diesen Druck, diesen Zwang, zu glauben, dass es sicher sei. Außer der immer wieder vom Vater und seiner Institution Kirche in tausenden Variationen beschwörenden, wiederholten Beteuerung: »Ein' feste Burg ist unser Gott« gab es keinen sichtbaren Anlass oder überprüfbaren Beleg dafür, zu glauben, dass und vor allem warum diese Burg so fest war, warum dieser Gott alles weiß, was wir nicht wissen und warum wir uns ihm (obwohl wir ihn und seine Weisheit in unserer menschlichen Beschränktheit ja gar nicht nachvollziehen können) anvertrauen sollten, also warum aufhören sollten, für uns selber zu denken, uns unsere Welt und unser Leben selber zu erklären, warum wir es aufgeben sollten, die Dinge und die Welt um uns herum wirklich zu verstehen, anstatt nur etwas zu glauben, was man uns vorgesagt hat.

Einerseits gab es die Behauptung: Gott ist die Rettung, aber sobald Zweifel daran auftauchten, dass Gott die Rettung ist, drohte Gott damit, einen zu verlassen, zu vergessen, einem seine Liebe zu entziehen. Es gab also gar keine Freiheit, sich selbst ein Bild zu machen, »sich persönlich für Gott zu entscheiden« (wie es immer so großmütig hieß). Es gab nur die Möglichkeit, das fertige Gottesbild, diese unbewiesene und unbeweisbare und in sich völlig widersprüchliche Kette von Geschichten, Behauptungen und Geboten, zu übernehmen, und wenn man das nicht wollte, war man ausgeschlossen, entwertet und verloren. Es bedeutete nichts weniger als den Tod. Und wenn es auch nur ein psychischer Tod war, ein Tod im Kopf und im Gefühl.

Für Nonhoff war Gott einerseits nicht erreichbar, er konnte einfach nicht genug an ihn glauben, aber er hatte keine gefahrlose Alternative. Denn jedes Leben ohne Gott, alles irgendwie wilde und gottlose Leben da draußen, es war nicht vorgesehen für das Leben von Nonhoff. Es war unbesetzt, da ohne Beispiel, ohne Vorbild. Es war leer. Es war ein Vakuum. Und immer, wenn Nonhoff versuchte, sich aus diesem seinen irgendwie gottesnahen, da auch vaternahen, da irgendwie dem Vater, und damit Gott angepassten Leben, zu entfernen, sich dieser doppelten Kontrolle von Vater und Übervater zu entziehen, anstatt immer schuldbewusst darin verstrickt zu bleiben, war das Vakuum da, waren mit den Schuldgefühlen auch alle anderen Gefühle verschwunden. Wenn er sich aus dem System aus Schuld und Vergebung, aus Böse und Gut, aus dieser Geborgenheit, die in der Anpassung an diese Hausregeln Gottes bestand, löste, wenn er gar dagegen mit den unflätigsten Mitteln rebellierte und wenn er seine Schlüssel zum Elternhaus wirklich abgegeben hatte, dann kam der »weiße Nebel wunderbar« in sein Gehirn und in seinen Körper. Seine Hände wurden taub, seine Gedanken leer. Nonhoff wusste ja, dass er ohne Gott nicht nur nichts wert war, er existierte eigentlich gar nicht ohne Gott. Er war nicht denkbar ohne Gott, und deshalb konnte er ohne Gott auch nicht mehr denken.

Es wäre für ihn vielleicht nicht schlimm gewesen, wäre Nonhoff Sohn eines Lehrers oder Handwerkers gewesen, denn dann hätte er vielleicht verwundert den Kopf schütteln können über diese Art billiger Erpressung, und über diese spinnerte Institution Kirche. Aber er war ein Pastorensohn, dessen Vater, weil auch dieser schon Pastorensohn war und ihm auch schon von klein auf verboten war, an seinem Gott zu zweifeln und der nicht nur sein Fühlen und sein Denken fast völlig auf diesen Gott ausgerichtet hatte (abends beim Fernsehkrimi vergaß er vielleicht manchmal Gott, weil er dann so menschlich wurde), sondern dessen Selbstdefinition genauso wenig möglich war ohne dieses permanente Hineinreden einer Figur, deren Existenz nicht einmal bewiesen war. Wäre sie es gewesen, hätte sie erst recht hinterfragbar sein müssen, weil sie dann ja greifbar und dialogfähig und satisfaktionsfähig wäre, als wäre sie wie ein Mensch. Diese Entität wäre als greifbare und wirklich ansprechbare »Person« dazu verpflichtet gewesen, sich und ihre Behauptungen und Befehle zu rechtfertigen, sobald ihr Ungerechtigkeiten, Denkfehler, Fehlurteile nachgewiesen werden konnten. Aber die Fehler der Kirche machen ja eben auch nur die Menschen, die meinen, sich immer auf Gott berufen zu können, mit dieser ihrer ausgedachten Entität alles das rechtfertigen zu können, was immer sie selber an Fehlern machen. Diese ganzen Theologen, die angeblich »im Dialog mit Gott« stehen, es sind geisteskranke, eingebildete Kranke mit ihrem eingebildeten Arzt namens »Gott«.

3

Nicht nur einmal hatte sich Nonhoff in der Disco richtig zugeballert. Bei einem von diesen vielen Malen wusste er am Ende des Tages nicht mehr so recht, wohin er mit welchem Auto mitgenommen werden wollte, weil er auch nicht mehr so recht wusste, wo er zuhause war. Er ließ sich ja auch gerne treiben. Da stieg er mit ein paar lustigen Typen (irgendwie waren ja alle Kumpels) in irgendein Auto, auch nachdem sie gesagt hatten, dass sie nicht nach Magen sondern nach Helldorf, also in die Gegenrichtung, fahren würden. Es gab einen schönen Zug vom Joint (irgendwie waren ja auch alle immer bekifft), und nach ein paar weiteren Kilometern wurde ihm geraten, doch jetzt langsam auszusteigen, wenn er heute noch nachhause wollte.

Das zarte Pflänzchen Morgenlicht erblühte über dem schönen schlafenden Dorf Helldorf, und Nonhoff war, wie so oft, ein Getriebener von Impulsen und Zeichen, und das erste Zeichen an diesem wunderbaren frühen Tag führte ihn zu einem grünen Auto, welches in einem Vorgarten stand.

Es wies ihn an, die Autotür zu öffnen, und siehe: es ging.

Und es wies ihn an, die beiden Kabel hinter dem Zündschloss zu suchen, aber siehe: er fand sie nicht.

Jedenfalls wusste er nicht, welche zwei von den vier Kabeln, die er da sah, wie freilegen und miteinander verbinden sollte und deshalb klaute Nonhoff an diesem Morgen doch kein Auto, obwohl er eigentlich keine Lust auf einen 20-Kilometer-Fußweg hatte. Stattdessen führte ihn sein Gott auf einen schönen Dorffriedhof, über den sich langsam das Morgenrot legte. Aber nicht die Gräber, sondern die Kapelle war es, zu der es ihn führte, und die ihn anzog.

Würde nicht ab und zu schon am Tag vor dem Begräbnis ein Sarg mit einem Toten darin hineingestellt, quasi zur letzten Übernachtung? Warum wusste das Nonhoff eigentlich nicht? Und warum hatte er sich das nie vorher gefragt? Vielleicht konnte er es überprüfen, wenn er irgendwie in die Kapelle hineinkam.

Das Portal mit der schön verzierten eisernen Klinke war verschlossen. Blieben also nur die Fenster. Nonhoff suchte und fand einen mittelgroßen Kiesel und schlug damit gegen ein feines Fenstermosaik, mehrfach, bis ein Viertel des Fensters kaputt war. Es ging aber nicht so schnell wie mit normalen Glasscheiben. Es brauchte schon mehrere Schläge. Außerdem musste er das ganze Fenster kaputtschlagen, um hindurch zu kommen, denn offenbar konnte es nicht nur nicht von innen geöffnet werden, sondern überhaupt nicht.

20

Als er sich auf die Suche nach etwas Grö-ßerem machte, stand auf einmal jemand hinter ihm und fragte: Was machen Sie da? Er hatte die Frage ganz ruhig gestellt, anscheinend ohne Angst oder Wut und ohne den Versuch, Nonhoff festzuhalten, und Nonhoff antwortete, ganz ohne Angst und Wut: Ich wollte wissen, ob hier eine Leiche liegt. Ich möchte eine Leiche sehen. Der kleine Mann, vielleicht ein Friedhofswärter oder der Küster der Gemeinde, forderte Nonhoff auf, ihm voran zu gehen. Als wäre es das, wor-auf er gewartet hatte, ging Nonhoff ihm einver-nehmlich voran, zum Pfarrrhaus. Die Welt, die ja schon so lange in Unordnung gewesen war, war in diesem Moment wieder heil und jemand passte wieder auf ihn auf. Es war alles wie-der in Ordnung, als er vor dem Mann herging und als der Mann beim Pfarrhaus klingelte, wäh-rend die Maisonne sich anschickte aufzugehen. Der Mann und Nonhoff standen friedlich schwei-gend vor der Haustür, während der Pfarrer sich wahrscheinlich das Nötigste überzog, um seines Amtes walten zu können. Dann wurde Non-hoff hereingebracht und der Pfarrer, mit seinem ehrwürdigen Bart, hatte eine kurze Unterredung mit dem Küster, um ihn dann darum zu bitten, hinter Nonhoff zu warten, während er Nonhoff in sein Amtszimmer ließ und ihm den Stuhl vor dem alten Schreibtisch anbot.

Hier befragte er Nonhoff noch einmal detailliert nach dem Geschehenen, dabei Nonhoff prüfend in die Augen sehend. »Warum haben Sie das Fenster zerstört?« »Weil ich einen Toten sehen wollte.« »Wie heißen Sie?« Und, als er seinen Namen gesagt hatte, »haben Sie einmal in der Unterlinger Innenstadt gegenüber der Kirche gewohnt?« Nonhoff bejahte. Er erkannte auch den Pfarrer wieder, er hatte ihn manchmal bei Pfarrkonferenzen gesehen.

Nonhoff fühlte sich erkannt und er fühlte sich in diesem Augenblick geborgen. »Ich nehme an, dass Sie das nicht noch einmal versuchen werden, sehe ich das richtig? Ich werde nicht die Polizei verständigen und ich erwarte, dass Sie für den Schaden aufkommen werden. Ein bleiverglastes Mosaikfenster ist nicht billig. Sind Sie mit dieser Vorgehensweise einverstanden?« Nonhoff war einverstanden.

Müde kam Nonhoff 20 Kilometer später bei sich zuhause an und er schlief sofort ein. Ein junger Mann hat aber auch Energie!

4

Am Montag, den 1. Juni 1981, traf Nonhoff mit seiner Fast-Glatze sich mit seinem Freund Schwurbel in Haffingen. Zusammen gingen sie in den »Rotator«, wo eine Band spielte, deren zwei Hauptakteure Frisuren hatten, die etwa genauso kurz waren, wie die von Nonhoff. DAF, oder auch Deutsch Amerikanische Freundschaft, waren gerade in den Charts und nun live in Haffingen. Nonhoff sah einen Sänger und einen Drummer und es gab eine Frau an einem Tonbandgerät, die den vorgefertigten Synthesizersound abspielte. Ein unheimlicher, maschineller, suggestiver Klang für den neuen Menschen.

Es war klar, dass diese Band einen Keyboarder brauchte. Nonhoff war Keyboarder. Vielleicht war das ein Zeichen? Nonhoff trank schnell fünf halbe Liter Bier. Bei dem Stück: »Alles ist gut« brüllte Nonhoff immer laut dagegen an: »Neeeeein!«

Irgendwer sagte zu ihm, dass er endlich mal leise sein sollte, und auch Schwurbel trat ein paar Schritte zurück. Er wusste, dass sein Freund Nonhoff in letzter Zeit ein bisschen komisch war; er war ein bisschen besorgt. Er wusste, dass jeder seine Macken hatte, und er war tolerant. Als das Konzert vorbei war, dachte Nonhoff, dass nun der Zeitpunkt gekommen war, sich den Jungs aus der Band vorzustellen. Sie mussten ja nun ihren vom Schicksal auserwählten Keyboarder kennenlernen. Er war schon ein bisschen aufgeregt, denn was würde passieren, wenn sie ihn wirklich direkt in ihre Band aufnehmen würden? Wäre es sein Schicksal, zu ihnen in eine andere Stadt zu ziehen, sein Zuhause zu verlassen, seine letzten Freunde.

Er suchte nach dem Backstage-Raum, aber er fand ihn irgendwie nicht. Er wusste auch nicht genau, wo er suchen sollte, und irgendwie wollte er ihn vielleicht auch gar nicht finden. Die Band war verschwunden, und er fand die Band nicht. Vielleicht hatte er gerade einen wichtigen Moment verpasst, den sein Schicksal für ihn vorgemerkt hatte. Hoffentlich hatte das keine fatalen Folgen.

Da trank er noch ein Bier und Schwurbel versuchte, ihm klar zu machen, dass Nonhoffs Zug bald fahren würde, und dass er jetzt losmusste. Aber Nonhoff stand noch immer bei Schwurbel, bei dessen postgelbem VW-Käfer und sagte zu seinem besten Freund: »Ich liebe dich! Wirklich, ich liebe dich. Ohne Scheiß jetzt, nicht, weil ich schwul bin, aber anders.« Und Schwurbel sagte, nüchtern, denn er musste noch eine halbe Stunde zu sich nach Hause fahren: »Okay, okay, das beruht ja auf Gegenseitigkeit, aber du musst langsam zum Zug.« Nonhoff: »Ich fahre heute nicht nach Hause, ich fahre mit zu dir.«

Schwurbel nahm ihn mit aufs Dorf nahe Hoppingen, wo dieser ein ähnlich zielloses Leben führte wie Nonhoff. Er hatte zwar gerade ein Studium an der Fachhochschule für Grafik und Design begonnen, hatte aber immer weniger Termine wahrgenommen, an immer weniger Seminaren und Vorlesungen teilgenommen, und er saß meistens zuhause und grübelte darüber nach, ob er oder sein Kommilitone den Müll runterbringen musste. Schwurbel nahm ihn mit.

Zum Frühstück spielte er laut »Vienna« von Ultravox. Die Musik flog ihm über den Kopf hinweg, kam zurück, erfüllte den Raum. Und auch jetzt hatte Nonhoff das Gefühl, dass eine neue Zeit begonnen hatte und er ein Teil dieser neuen Zeit sein sollte, ein neuer Mensch, der schon sehen würde, welche Magie ihn wohin bringen würde. Er hatte gerade eine Chance verpasst, aber er konnte wahrscheinlich sicher sein, dass es auch anders weiter gehen würde für ihn. Es gab sicher einen für ihn vorgesehenen Plan B. Er fühlte sich großartig - und verkatert. Es war ein schwüler Tag, und den brachte man auf dem Dorf in der Nähe von Hoppingen eher passiv zu. Man hörte Musik, rauchte, redete. Je länger der Tag dauerte, desto schwüler wurde er.

Am Abend musste Schwurbel wieder nach Haffingen zur Nachtarbeit bei der Post und er nahm Nonhoff mit. Sie verabschiedeten sich und er stieg in den nächsten Zug. Er musste dann zwar einmal umsteigen, aber es war ihm lieber, nicht die ganze Zeit auf dem Bahnhof zu verbringen.

Schwitzend und erschöpft hockte er alleine in einem Abteil. Die alte, zu weite und zerbeulte Anzugjacke aus dem Secondhand-Laden klebte schon ein bisschen an seiner Haut und es war eine drückende und lähmende Luft. Als der Zug Wulstingen verließ, merkte Nonhoff nicht, dass er vergessen hatte, auszusteigen. So drückend und lähmend war die Luft, dass er kaum mehr denken konnte. Irgendwann merkte er, dass er die Häuser, die draußen in der dunkelgelben Abenddämmerung vor dem Fenster vorbeirasten, noch nie gesehen hatte. Bei der nächsten Haltestelle stieg er aus. Inzwischen war es ganz dunkel geworden. Die Luft war schwül und stand still.

Er war in die falsche Richtung weitergefahren, er musste nun irgendwie zurück nach Wulstingen kommen und der nächste Zug zurück fuhr in fünf Stunden. Er beschloss, zu trampen. Als er an der Ausfallstraße in Richtung Wulstingen angekommen war, begann es aus dicken Wolken zu regnen. Aus dem Regen wurde ein Sturzregen, wie er ihn nie vorher erlebt hatte. Da stand er, glatzköpfig, in wenigen Sekunden pitschnass bis auf die Haut, frierend, und trampte, aber es kam kein Auto. Es begann immer schneller zu blitzen und zu donnern. Als Minuten später ein Auto sich seinen Weg durch die Sturzbäche bahnte, konnte der Fahrer nur von nahem im Scheinwerferlicht erkennen, dass da ein Mann am Fahrbahnrand stand, und da dieser Mann gemeingefährlich aussah mit dieser Glatze und seinen triefenden Sachen und seinem finsteren und ziemlich verzweifelten Blick, ließ er ihn stehen. Ein weiteres Auto kam nicht mehr.

Das Gewitter wurde immer schlimmer, und Nonhoff ging los, über die Landstraße, immer weiter in den Gewittersturm hinein. Nach einem Blitz folgte eine Sekunde später krachend der dazu gehörende Donner, und es blitzte bereits erneut, wenn der Donner noch gar nicht zu Ende gegrollt hatte. Rechts und links schlugen die Blitze gleichzeitig hernieder, und die knallend antwortenden Donner endeten überhaupt nicht mehr. Die Straße war ein Bach und Nonhoff war nass. Vor ihm lag eine Fußgänger-Brücke, die sich in einem Bogen über die Autobahn erstreckte. Weit und breit die höchste Stelle in dieser Hölle. Nonhoff wusste, dass es nicht ratsam war, sich so zu exponieren. Er überlegte kurz, ob er mit der Überquerung warten sollte, aber da zu bleiben, würde die Gefahr auch nur verlängern. Also machte er sich auf den Weg, heulend, zitternd, es war taghell, wie in einer gigantischen Show krachten die Blitze von allen Seiten um ihn herum herunter. Es gab keine Pausen mehr bis zum Donner, denn er war im Zentrum des Gewitters, an der höchsten Stelle, und jeden Moment hätte sich Gott aussuchen können, Nonhoff mit seiner himmlischen Wut niederzustrecken.

Das war der Moment, an dem Nonhoff eher an diesen allmächtigen Gott als an dieses magische, aber nicht recht definierbare Schicksal glaubte, oder an beides gleichzeitig. In diesem Augenblick war Nonhoff davon überzeugt, dass nicht mehr er selbst darüber entscheiden konnte, ob er leben oder sterben würde, sondern nur noch diese eine höhere Macht. Und dieser Macht war er jetzt ausgeliefert. Wenn sie wollte, dass er stirbt, dann würde sie ihn sterben lassen, und wenn nicht, dann nicht. Nonhoff schritt triefend nass über eine Fußgänger-Autobahnbrücke und um ihn herum fand das schlimmste Gewitter statt, das er überhaupt in seinem Leben erlebt hatte, egal ob auf freiem Feld (was ihm sehr selten passiert war) oder in seinem Bett unter der Bettdecke (was ihm eher häufig passiert war).

Er gab sein Schicksal in die Hand Gottes, was ihn selbst wieder einmal von seiner Autonomie entband und was vielleicht auch die Erfüllung eines heimlichen Wunsches hätte bedeuten können. Ein Blitzschlag durch ihn hindurch, und dieses traurige und ganz schön einsame Leben, das er führte, in dem ja in Wahrheit kein Platz für ihn vorgesehen war, in dem er auch nicht wusste, wie er aktiv und selbstbestimmt einen Platz hätte finden können, in dieser Welt, in der er sich offenbar niemals anpassen konnte, in der er nur den Zwängen dieses dubiosen und wie er jetzt feststellte, auch brutalen Schicksals, ausgeliefert war, dieses Leben hätte mit einem Schlag vorbei sein können. Vielleicht wäre das einfacher gewesen. Offiziell dachte Nonhoff aber nur, dass er nun für sein Schicksal überhaupt nicht mehr verantwortlich war, sondern nur noch andersherum, das Schicksal für ihn. Er hätte laufen können oder stehen bleiben. Das Gewitter war um ihn herum und überall. Und dieser Zustand völliger Ausgeliefertheit kam auch dem Zustand völligen Kindseins am nächsten.

Vielleicht wollte Nonhoff am liebsten Kind sein, und nicht erwachsen, weil er nicht wusste wie das geht, weil ihm keiner gezeigt hatte, wie es geht, auf sich selbst aufzupassen. Er war für diesen Moment frei. Als er, immer noch lebendig, zitternd vor Kälte, durch ein längeres Waldstück ging, kamen die Blitze seltener und auch der Regen ließ nach. Zwölf Kilometer waren es bis Wulstingen gewesen und als Nonhoff den Bahnhof erreichte, hatte der Regen aufgehört. Die Stadt war tot und am Bahnhof war kein Mensch mehr. Der letzte Zug nach Magen war vor einer halben Stunde, um 23:45 Uhr, gefahren und der nächste Zug würde morgens um 5:30 Uhr gehen.

Nonhoff fror, seine Sachen waren nass und kalt und er legte sich auf eine Holzbank im kleinen Wartesaal. Als es heller wurde, wurde ihm langsam wärmer und seine Sachen waren fast ganz trocken. Er hatte kaum geschlafen, als der erste Zug fuhr. Drei Haltestellen waren es, zu Fuß hätte es etwa vier Stunden gedauert.

Als er in Magen ausstieg, sah er etwas auf dem Boden. Es war ein Haarkamm. Er hob ihn auf und las das Wort, das darauf eingeprägt war: Unzerbrechlich.

Da sprach es wieder mit ihm, sein Schicksal. Es hatte ihn in dieser Nacht geprüft, hatte ihn in Todesängste versetzt und ihm gezeigt, dass er überleben sollte, und nun hatte es ihm seine Auszeichnung überreicht: Unzerbrechlich und handgesägt war er. Nonhoff steckte den Kamm ein und ging müde die letzten 20 Minuten bis zu seiner Wohnung.

Als er eintraf, hörte er schon draußen Jupiter bellen. Sein Mitbewohner hatte den Hund kein Mal hinausgelassen. Auf dem Fußboden von

Nonhoffs Zimmern lagen an die zwölf Scheiß-
haufen und alles stand in Pfützen von Hunde-
pisse, die zum Teil in das Linoleum eingetrock-
net war. Jetzt war er zwar unzerbrechlich, aber
der Preis dafür war ziemlich hoch gewesen.

Er hätte natürlich bei Peter anrufen können
und ihn darum bitten, dass er den Hund wenigstens nur ein paar Mal hinauslässt, aber was
hätte das schon mit Schicksal zu tun gehabt?
Aber im Ernst war er davon ausgegangen, sein
Mitbewohner würde sich schon um den Hund
kümmern, aber der war nicht so. Der hatte andere Probleme.

Nonhoff wischte alles mit Klopapier auf, war
einige Male dem Kotzen nahe, aber es war
ein wenig so wie mit dem eigenen Baby, es
war etwas Familiäres an dem Gestank. Jupiter
war eben Nonhoffs eigen Fleisch und Kot. Dieser Morgen um halb Sieben war der Morgen,
seitdem Nonhoffs Zimmer mehr nach Hund als
nach Mensch roch. Aber man gewöhnt sich an
alles.

5

Einmal, da war Nonhoff unterwegs zwischen Magen und Dudelsen, irgendwie ziellos, als wäre es egal, ob er ankommt, als ginge es nur darum, unterwegs zu sein. Auf den Kopfhörern, im Walkman war die einzige Cassette, die er hatte: »Looking for Clues« von Robert Palmer. Auf seinen Wangen hatte er weiße Kreide. Und Bob Marley war zu jung gestorben. Das hatte er im Radio gehört. Oder hatte er es in der Zeitung gelesen, im Laden gesehen? Hatte er überhaupt ein Radio? Einen Fernseher hatte er nicht mehr, den hatte seine Freundin mitgenommen. Er dachte daran, dass selbst Musiker, die offenbar auf eine Art erleuchtet waren wie Bob Marley, zu früh sterben mussten. Oder sie starben jung, weil sie alles schon gesagt und und getan hatten, was sie zu sagen und zu tun hatten. Wahrscheinlich hatte er zu viel gekifft und war an Lungenkrebs gestorben. Erst Jahre später erfuhr Nonhoff, dass er Hautkrebs hatte und sich nicht behandeln lassen wollte, weil er an Jah glaubte. Dummer Glaubens-Shit!

Er dachte daran, dass es zu früh war, dass Bob Marley fehlen würde und dass er selber vielleicht verschwinden würde, wenn er sein Gesicht gleichmäßig mit weißer Kreide anmalte. Vielleicht wäre das ein Weg. Nicht mehr an seinem Gesicht erkannt zu werden. Dadurch nicht mehr definiert zu sein, daher frei zu sein. Und Robert Palmer sang: »I'm looking for Clues«.

So ging Nonhoff relativ ziellos an der Landstraße entlang, mit seiner vagen Hoffnung, dass er irgendwann nicht mehr er sein müsse.

6

Es begab sich aber zu der Zeit, da Nonhoff sich wieder nach Haffingen begab. Er war ja eigentlich immer noch auf der Suche nach einer Band. In der Zeitung hatte er eine Annonce gefunden, worin ein paar Leute offenbar einen Keyboarder suchten, für ein Projekt, welches sich an den Talking Heads orientierte. Mit den Talking Heads hatte Nonhoff schon wunderbare Erfahrungen gemacht. Die LP »New Songs About Buildings And Food« hatte er mehrfach auf den Kopfhörern gehört, sehr laut natürlich, und sich dabei im Spiegel angesehen und dabei klar erkannt, wer er war, und welches Potential noch in ihm steckte. Ein sehr intensives Rendezvous mit sich selbst war das gewesen und mit David Byrne und mit einer Kiste Mai-Ur-Bock als Support - ein Bier, welches ihm in diesem Moment als die ultimative Droge erschien.

Warum also nicht Talking Heads? Warum nicht in einer Haffinger New Wave Band spielen? Das war es, was er brauchte. Er rief die Nummer an. Ein junger Mann schlug ein Treffen im so genannten »Café Tobac« vor. Ein Erkennungszeichen bräuchte man nicht, versicherte Nonhoff; man würde sich auch so erkennen. Der andere sagte: »Okay? Na ja, dann bis dann!«

Pünktlich um 16 Uhr kam Nonhoff im Café

an und er bestellte sich erstmal einen Halben. Um 16:20 Uhr war noch niemand Verdächtiges aufgetaucht. Nonhoff kamen auf einmal Zweifel, ob seine Erkennungs-Methode wirklich sicher sei. Vielleicht sähen die Jungs aus der Band ja ganz anders aus, als er dachte, aber dann dachte er, dass wenn sie anders aussähen als er dachte, dann würden sie eben auch nicht die Richtigen sein. Er war aufgeregt, denn es musste ja gleich zu einer schicksalhaften Begegnung kommen (nachdem DAF offenbar ja nicht sein wahres Schicksal gewesen waren). Er wartete, es passierte nichts Auffälliges, und er bestellte noch ein Bier. Dann noch eines. An der Theke rauchte jemand einen Joint. Er suche zwar keinen Keyboarder, aber er ließ Nonhoff ein paar Mal dran ziehen. Um 17 Uhr war Nonhoff bei seinem 5. halben Liter und er war bekifft.

Kurz danach kamen zwei Typen rein, die sich einen Kaffee bestellten und eventuell etwas neugierig umher guckten, dabei aber wohl es für ausgeschlossen hielten, dass es der angeheiterte Nonhoff in der Ecke sei, den sie suchten. Nonhoff selber hielt es für möglich, dass er die Leute vor sich hatte, mit denen er verabredet war, aber er hielt es nicht mehr für möglich, mit ihnen ein Gespräch zu führen. Außerdem sahen sie irgendwie zu intelligent aus, zu sehr, als hätten sie zu viel Selbstbewusstsein für ihn. Das wäre sowieso nicht gut gegangen.

Sie verschwanden in einem Nebel, und Nonhoff hatte sich inzwischen auf die riesige Spiegelwand hinter ihm eingeschworen. Er entdeckte sich in diesem Spiegel, rauchend, saufend, in sich ruhend. Und dann war er zugleich Teil dieser Welt hier, Teil von Haffingen, Teil der Kneipe, Teil der anderen Gäste, die hinter ihm an der Theke saßen, redeten, rauchten, tranken - und er im Zentrum. Der Wichtigste war er. Und er brauchte sich nämlich überhaupt nicht anzustrengen, um eine Band zu finden, denn es war ihm ja bestimmt, eine zu finden. Deshalb würde es einfach geschehen. Wie der Berg zu Buddha, so würde alles zu ihm kommen, was zu ihm kommen sollte. Was für ein Gefühl der Seligkeit! Er war im Mittelpunkt des Universums und das Universum kümmerte sich um ihn. Jedenfalls so lange man daran glaubte und vertraute, dass es das tut. Aber das hatte er ja jetzt ein für alle Mal gelernt, das Vertrauen in das Universum. Die Welt war ja für ihn gemacht, alles würde seinem Weg begegnen, was ihm begegnen sollte.

Später fand sich Nonhoff auf einer Party wieder (überhaupt kann man von Nonhoff in dieser Phase seines Lebens öfter sagen, dass er sich irgendwo wiederfand). Er hatte auf der WG-Party eines Freundes wohl schon ein wenig in dessen Bett geschlafen, bevor die Party überhaupt losgegangen war.

Als etwa um 10 oder 11 Uhr abends sein früher Tagesrausch verklungen war, waren mehr Leute da und er war wieder wach genug, um mehr zu trinken. Er erinnerte sich später nicht mehr daran, was er tat oder sagte. Er merkte nur, dass sein Freund die Party früh mit seiner neuen Freundin verließ und nur noch andere da waren, die er kaum kannte.

Ein Bewusstsein ihrer Außenwirkung ist ja Betrunkenen generell kaum zugänglich, bei Nonhoff war dieses Sensorium aber auch dann kaum ausgeprägt, wenn er nüchtern war. So solipsistisch, wie er sich in der Welt verstand, war das auch nur konsequent. Er war eine Art metaphysisch-solipsistischer Eigenversuch; ein Experiment, nebenbei, das durchzuführen interessant war und Nonhoff selbst, bis zu einem gewissen Grad interessanterweise seine Grundannahme, dass er der Mittelpunkt des Universums sei, zu bestätigen schien, denn, so schien es ihm, die Welt spielte ja mit, sie reagierte adäquat auf seine Handlungen. So schien es ihm wenigstens, so interpretierte er die Verhaltensweisen und die Ereignisse der »Welt«. Für ihn waren sie alle persönliche Antworten auf ihn, auch wenn sie sich auch ohne ihn genau so verhalten und zugetragen hätten. Und natürlich, noch einmal, war auch für diese eingleisige, eindimensionale Perspektive nichts anderes als dieser einseitige, monotheistische Gott verantwortlich, der keine anderen Götter neben sich zuließ, und der eine persönliche Beziehung zu Matze unterhielt. Und das schon früher, als er versuchte, ein guter Christ zu sein, aber auch danach, als er wusste, dass er kein guter Christ sein konnte, gab es immer noch Gott, der ihm persönlich sagte, dass er nichts mit ihm anfangen konnte, eben, weil er kein guter Christ war. Und Gott und seine persönliche Verbindung zu Nonhoff war immer da, das permanente Urteil Gottes über ihn, egal, ob er es schaffte, an diesen Gott zu glauben, oder nicht. Auch wenn er sich nicht mit Gott arrangieren konnte, sogar, wenn er an Gottes Existenz zweifelte, war Gott immer noch da und er war sehr unzufrieden und böse auf ihn. Aber vor allem war er »traurig« über ihn. Denn am Ende war Gott sehr traurig, wenn Nonhoff nicht den Weg zu ihm finden konnte, und er war sehr enttäuscht, dass Nonhoff nicht in seine offenen Arme laufen wollte. Und Nonhoff war selber traurig, dass er sogar hier versagt hatte, an einem Punkt seines Lebens, wo es ja nichts mehr gab, außer Verlust und Scheitern und Unglück, also an dem Punkt, an welchem Gott mit offenen Armen die aufsammelt, die sonst nichts mehr haben, die alles versucht und nichts geschafft haben. Etwas war immer noch falsch mit Nonhoff, vielleicht war er noch nicht zerstört genug, um sein Ego aufzugeben und es ganz und gar Gott überantworten zu dürfen.

So disharmonisch jedenfalls gestaltete sich Nonhoffs persönliche Jugendbeziehung zu dem ihn liebenden Gott. Sie konnten einfach kein glückliches Vater-Sohn-Paar werden. Vielleicht aber hatte Gott ja auch einen besonderen Plan für ihn bereitgelegt, ein paar besondere Prüfungen vorbereitet. Denn es war ja auch immer noch möglich, dass Nonhoff ein ganz wichtiger Fall war, für den ein ordinäres Leben und Glauben nicht vorgesehen war. So eine Art Jesus. Der musste ja auch einige schwere Prüfungen durchmachen, bevor Gott ihm seine wahre Bestimmung offenbarte. Und offenbar ging es ja die ganze Zeit um seine Bestimmung. Und überhaupt hieß es doch immer, man solle Jesus nachfolgen. Hieß das nicht genau so, dass jeder, der sich Christ nannte, immer darauf achten sollte, dass er stets ein potentieller Märtyrer sein könnte? Dass man die Zeichen beachtet, die persönlich von Gott kommen? Dass man die Situationen, in die man geriet, immer auch als persönliche Zeichen und als persönliche Prüfungen verstand? Ein immer direkter Draht zum Herrn? Eine Selbstüberschätzung als Folge theologischen Denkens? Vergessen wir dabei nicht, dass Nonhoffs direktes Rollenmodell und Anschauungsobjekt natürlich nicht der Jesus der Heiligen Schrift war, sondern derjenige in seiner Familie, der ebenjenem nachzufolgen von jung auf angetreten war, nämlich Nonhoffs Papi.

Und dieser Papi war ja eigentlich in dessen eigenem widersprüchlichen Dasein (Nonhoff spürte das, ohne es benennen zu können) der Beweis dafür, dass das alles mit Gott nicht so stimmen konnte, also dass es eben keinen Gott gab, oder dass, wenn doch, Gott noch wartete auf bessere Menschen. Jedenfalls bessere als Nonhoff und als sein Vater.

Der ganze Frust über Gott und das ganze Warten auf Gott jedenfalls hatte in der herkömmlichen Weise, im klassisch-christlichen Modus nur zu Verzweiflung und in eine Einbahnstraße geführt. Zwischendurch verhalf der Genuss starker filterloser Zigaretten und ein eher sozialutopischer Impetus zu einem anderen, dem »kommunistischen Glauben«, wie Nonhoff ihn nannte. Aber der hielt auch nur etwa drei Tage, nicht zuletzt deswegen, weil den Kommunisten ein Zugang zum Paradies und zur Gnade Gottes zeitlebens wohl eher doch nicht möglich war. Auch frustrierend, das.

Aber konnte er denn nicht sich einfach so akzeptieren, wie er war? Nein. Mit welchem Recht denn? Hatte er sich das irgendwie verdient?

Nein, wenn man weitersah, hatte er sich das nicht nur nicht verdient, es war ihm verboten, sich selber zu akzeptieren, denn dann hätte er ja Gott entmachtet, und Gott wurde ganz schön böse, wenn man ihn entmachtete, das wusste Nonhoff aus eigener Erfahrung, weil sein Papi ihm gezeigt hatte, wie böse Gott sein konnte. Aber natürlich hieß das nicht »böse«, denn es war ja nur Gottes einziges Mittel, ein Mittel der Verzweiflung, wenn er Nonhoff strafen musste mit Liebesentzug, mit Wut, weil er, Nonhoff da immer noch »Aua« sagte, wo Gott doch eigentlich sein persönliches Seelenheil war. Die Bedingungen Gottes, des Vaters, des Papis, des Heiligen Geistes, mussten bedingungslos akzeptiert werden.

ABER DIE BEDINGUNGEN WAREN UNZUMUTBAR!

Denn die Bedingungen waren inkohärent, sie waren nicht logisch, sie waren nicht harmonisch, sie zeigten keinen gesunden widerspruchsfreien Menschen, wenn man sich das Exemplar dieses einen christlichen Produkts betrachtete, namens Vati, Pastor, Superintendent. Sie waren alles andere als nachvollziehbar.

Im Vollrausch ist man dem Mittelpunkt des Universums näher als ohne Vollrausch. Das wusste Nonhoff schon aus langjähriger Erfahrung. Er kam irgendwann auf der Party zu sich, als die meisten Gäste schon verschwunden waren und die Gastgeberin sich anschickte schlafen zu gehen. Es wurde hell und er verließ das Haus mit einer kunstvoll gebauten Marionettenfigur in seinen Händen. Die Puppe sollte zwar eine Ärztin darstellen, ein Geschenk zum Examen der Bewohnerin, aber für Nonhoff verkörperte sie sein früheres Ich, welches immer fremdgesteuert, immer angepasst, aber immer unfrei gewesen war. Überhaupt waren ja Marionetten nur Symbole der Unfreiheit. Und wenn auch die Frau sich gefreut hatte über dieses Geschenk, so wusste sie selbst nicht, dass sie sich nur über ihre Unterjochung freute. Es war Zeit, diese Puppe zu entführen. Es ging mit Nonhoff etwas vor, das spürte er - es war eine Transformation, nämlich eine vom schwachen Matze hin zum starken Matze. In seinen Händen hielt er das Symbol seines alten Ichs, nun galt es das Richtige damit zu tun. Mehr unbewusst als bewusst zog es Nonhoff dahin, wo er zwei Jahre zuvor versucht hatte, eine Buchhändlerausbildung zu absovieren und schon vor Ablauf der Probezeit gekündigt worden war. Auch diese Station seines Lebens war eine des Scheiterns, ein Beleg seiner Unfähigkeit, den Regeln zu genügen, ein Beweis seiner Minderwertigkeit. Jedenfalls solange die Regeln im Recht waren und er im Unrecht war. Aber jetzt würde er klarstellen, wer im Recht war.

Ein schöner, warmer Sonntagmorgen im Juni brach an und auf einmal stand Nonhoff vor den vergitterten Schaufenstern der Buchhandlung. Die Gängelei und die Bevormundung durch das geschäftsführende Ehepaar, selbst die herablassende Art der älteren Auszubildenden, das fast zehn Stunden dauernde tägliche Eingesperrt sein im Geschäft. Für all das stand jetzt diese Puppe an ihren Fäden, die ihm, einmal mehr, als ein Zeichen in die Hände gefallen war. Und sie stand für alle Demütigungen, die ihm sein gehorsames Mitspielen der Regeln in seinem jungen Leben immer nur eingebracht hatten.

Nonhoff hängte die kleine Ärztin mit ihren Fäden an das Gitter, so dass sie aussah wie der gekreuzigte Jesus. Das stellvertretende Martyrium. Das Opfer. Die Opfergabe zum Zweck der Freiheit.

Das haben sie jetzt davon, dachte Nonhoff. Aber keiner wusste, was er davon haben sollte, wenn an einem Sonntagmorgen eine Marionettenpuppe vor einem Schaufenster hing.

Nonhoff wusste nicht mehr, wie er es zum Hauptbahnhof geschafft hatte. In der Tiefebene fand er sich später zwischen Junkies und Obdachlosen wieder; er hatte auf einer Bank geschlafen. Oben in der großen Halle, als er noch auf den ersten Zug wartete, drohte eine

Situation zu eskalieren, als sich mehrere Betrunkene gegenseitig anzuschreien begannen. Doch plötzlich wurde es still, als eine sehr schöne Frau durch die Halle schritt, als wäre sie nicht hier, sondern in einer anderen, perfekten Welt, in die wir Penner für einen Moment hineinblicken durften. Der Streit hatte sich in Nichts aufgelöst. Wieder war ein Wunder geschehen. Die Welt war voll damit. Wunder und Zeichen, alle nur für ihn gemacht. Ob wohl auch andere Menschen ihre privaten Wunder bereitet bekämen, fragte sich Nonhoff. Aber wenn, dann müssten sie ja auch, wie er, daran glauben. Aber das taten wohl nur die wenigsten. Hauptsache, er bekam seine täglich neue Dosis Wunder, seine Wegweiser, und dann würde er schon immer wissen, was der jeweils aktuelle Sinn seines Lebens war.

7

Einmal, als Nonhoff in seiner Lieblingsdisco war (es gab nur die eine weit und breit, da war es leicht, seine Lieblingsdisco zu haben), traf er auf ein Punker-Mädchen. Er und sie waren die einzigen weit und breit, die punkig aussahen in dieser einzigen Disco weit und breit. Und breit war er auch. Er hatte sonst so gut wie nie andere Leute getroffen, die so aussahen wie er und das Mädchen, und eigentlich sah er ja auch nicht aus wie ein Punker, eher wie ein Skinhead, aber für Nonhoff war das sowieso dasselbe.

Man muss dazu noch sagen, dass es damals auch kaum rechte Skinheads gab, Ska-Anhänger zum Beispiel waren nicht zwangsläufig Nazis, Die Specials waren gar eine dezidiert antirassistische Band, und Nonhoff mochte Ska-Musik, den Stil und die Art zu tanzen.

Das Punker-Mädchen war, im Unterschied zu Nonhoff in seiner ewigen Blaumannlatzhose, sehr durchgestylt. Sie trug dezidiert angerissene Hosen und ein ebensolches T-Shirt, über dem sie ein schwarzes Unterhemd trug, und ihre mit Zuckerwasser gehärteten, tief schwarz gefärbten Haare standen himmelwärts wie Stacheln, deren einer aber auf der Stirn nach unten modelliert war, spitz auf die Nasenwurzel zulaufend. Und sie trug eine Brille.

So waren beide von der Dramaturgie des

Abends wegen ihrer Optik ja geradezu füreinander prädestiniert. Für Nonhoff war es unvermeidbar, dass sie in irgendeiner Weise miteinander interagieren mussten. Und das Revier des einzigen Punkers weit und breit, sein Alleinstellungsmerkmal wurde durch eine zweite Anhängerin seines seltenen Stammes, durch eine Punkerin in Frage gestellt. Außerdem hatte Nonhoff überhaupt keine Ahnung, wie sich Punks untereinander verhalten, weil er überhaupt keine anderen Punks kannte. Es machte ihn nervös, wie sie da an der Tanzfläche stand, ihn offenbar bemerkt hatte, aber versuchte, absolut gleichgültig durch ihre Brille an ihm vorbei zu gucken.

Schnell, denn irgendwie musste er sich schnell entscheiden, fand Nonhoff heraus, dass ihre Brille ihre Achillesferse war. Punks tragen keine Brillen. Das stand für ihn fest. Die Brille stellte ihr Dasein als Punkerin grundsätzlich in Frage. Und da er meinte, dass Punks unkonventionell und auch etwas schockierend sein müssten, und da er selbst unbedingt und gerade vor diesem Mädchen ein Punk sein wollte, ging er zu ihr, zog ihr wortlos und langsam die Brille vom Gesicht und warf sie quer über die leere Tanzfläche, in Kauf nehmend, dass sie kaputtging. Für ihn war es plötzlich, als habe er dem Mädchen einen Gefallen getan, weil er sie, indem er sie von ihrer Brille befreit hatte, zur echten

Punkerin gemacht hatte.

Das Mädchen verhielt sich aber auch wie eine echte Punkerin, denn sie ging wortlos und gelassen zu der Brille, hob sie auf, untersuchte sie kurz und steckte sie ein. Es gab kein Nachspiel, keinen Protest, übrigens gab es auch keinen Lokalverweis. Gewalt gegen Frauen, oder besser: Gewalt gegen Brillen von Frauen wurde hier anscheinend nicht geahndet. Das punkige Verhältnis zwischen der Punkerin und Nonhoff schien nun geklärt und er schien den Punktest bestanden zu haben.

Man sah sich ab nun öfter, eher unabsichtlich, und es gab irgendetwas Verbindendes zwischen ihnen.

8

Der Ehrlichkeit halber muss man sagen, dass Nonhoff so allein, wie es hier zuweilen aussieht, gar nicht unbedingt war. Zwei Kilometer von seinem Dorf entfernt lag an der Landstraße ein allein stehendes Haus, in welchem eine Wohngemeinschaft wohnte. Die Wohngemeinschaft gruppierte sich um ein Paar mit Kind, Hedda und Sönke. Beide waren Hippies alter Schule. Sie, Mitte Ende zwanzig, mit zuerst blonden und später plötzlich tiefroten langen Locken, die sie hippiemäßig durch die Gegend warf, dabei lachend, Liebe und fernöstliche Wahrheiten an ihre Umwelt verteilend, eine Umwelt, die aus der Umgebung von Unterlingen stammte, und dankbar alles aufsaugte, was anders war als Unterlingen.

Und Liebe und fernöstlicher Lebenssinn waren das komplette Gegenteil von Unterlingen. Unterlingen war das Zuhause der alten Nazis und ihrer Kinder, die nichts dazu gelernt hatten. Missgunst, Verachtung und Härte gegenüber allem, was schön oder anders oder offen sein könnte, war den Leuten eingefleischt.

Als Nonhoff mit seinem frischen Glatzkopf und seiner neuen Sonnenbrille (Punker trugen bewusst Kindersonnenbrillen) aus einem Laden kam, rief ihm ein verdutzter Unterlinger entgegen: »Uh, du Eierkopp!«

Das hatte Nonhoff gekränkt, dabei war das ja eigentlich nicht sehr böse gemeint gewesen, eher ein Ausruf der Überraschung und eher eine lustige Reaktion. Aber Nonhoff dachte sich: »Nicht mal, wenn ich mich dazu durchringe, etwas Eigenes zu sein, oder versuche, mich bewusst eines besonderen Stils anzunehmen, werde ich ernst genommen, von diesen dämlichen Unterlingern.«

Daran merkte man, wie unsicher und verletzlich Nonhoff doch immer noch war, völlig ungeeignet, bewusst sich als Außenseiter, als Hassobjekt den Unterlinger Spießern zur Verfügung zu stellen, völlig ungeeignet, sich selbstbewusst hassen zu lassen. Denn eigentlich wollte Nonhoff geliebt werden. Er wollte zugleich ein hässlicher Außenseiter sein und zugleich geliebt werden. Er wollte sich in Opposition begeben und geliebt werden. Er wünschte sich, dass alle erkennen würden, wie recht er am Ende hatte, und wie unrecht sie am Ende, und dass alle dann ihn lieben würden.

9

Tom war Musiker. Er spielte Bass und hatte eine eigene Band, deren Musik Nonhoff nicht mochte. Dafür mochte er die Freundin von Tom umso mehr. Wahrscheinlich war er verliebt in sie. Sie hieß Karin oder Karen? Wie so vieles wusste Nonhoff auch das nicht. Er hatte Karin geküsst, als es ihm einmal ganz schlecht ging. Damals hatte er noch lange Haare gehabt und war völlig verzweifelt gewesen. Ohne Ausbildungsplatz und ohne ein Ziel. Dann hatte die Bundeswehr einen Strich durch seine Rechnung, die keine war, gemacht und er musste abhauen, nach Berlin. Aber das gehört nicht hierher und Nonhoff kam ja wieder zurück.

Und nun sah er diese Karin wieder fast jeden Tag, jedenfalls immer, wenn er in das Haus an der Landstraße fuhr. Dort hing man in der Küche herum, um sich hippiemäßig zu bekiffen. Aber eigentlich geht's ja um Tom, der, zusammen mit Stoffel und Matze, eine Band von drei Leuten war, die die Musik von Matze Nonhoff spielte.

Also hatte Nonhoff eine Band? Ja und nein. Und ja, anfangs hatte er diese Band, und schlecht war die Musik dieser Band auch nicht. Nur als die Band dann beim Schlossfest spielen sollte, sagte Tom auf einmal: Es wäre doch geil, wenn da noch der eine Gitarrist mitspielen würde. Aber der kannte die Stücke gar nicht. Und außerdem solle Matze jetzt kräftig an dem Joint ziehen.

Nonhoff war in der Nacht zuvor in Ellas Haus geschlichen und hatte sich in das Bett neben eine Cordula gelegt. Sie sagte nichts und er auch nicht. Er versuchte seine Hand auf ihre Brust zu legen, aber sie reagierte nicht, und sie sagte nichts. So ging das ein paar Minuten, bevor er sich wieder schlich. Er war kein guter Vergewaltiger, obwohl er meinte, das sein zu müssen, um ein richtiger Mann zu sein.

Vielleicht hatte Tom ja davon gehört kurz vor dem Auftritt? Und es vielleicht auch nicht so gut gefunden?

Der Auftritt war ein Desaster. Nichts stimmte, und wie auch, wenn der Gitarrist seine Stücke ja überhaupt nicht kannte? Aber es passte zu Nonhoff, dass er ja sagte, klar, machen wir, und alles nahm seinen Lauf in den Katakomben. Am Schluss spielte er noch zwei Solostücke, völlig weggetreten, aber es war gut. »Zytoplasma! Zytoplasma!«

Es war so gut, dass er, wie ein Rock 'n' Roll-Star, einfach seine Anlage dort stehen ließ und durch einen Seiteneingang verschwand, zusammen mit zwei Mädchen. Eine davon war die Punkerin aus der Disco. Sie sprangen in ein Taxi und waren weg.

Als er später im Flur auf dem Boden erwachte, und sich sagen hörte, lass das mal, da ist doch noch meine Freundin, wir können jetzt hier nicht rumknutschen, war es seine Freundin, die ihn geweckt hatte und fragte, ob er denn jetzt endlich ins Bett kommen wolle.

Ein paar Monate später fuhr Tom mit Karin und einem Freund nach Frankreich, wo sie einen Trip einwarfen. Weil für Tom in diesem Augenblick alles perfekt war, sagte er, dass er jetzt sterben wolle und dass er sich wünschte, mit dem R4 und mit Vollgas in diese Schlucht zu springen. Sie räumten den Wagen aus und überließen ihm das Auto und er fuhr damit in den Abgrund.

10

Als Nonhoff seinen dreiundzwanzigsten Geburtstag hatte, bekam er von seinen Eltern ein Päckchen mit Lebensmitteln zugeschickt. Darin das, was sie unter essentiellen Lebensmitteln verstanden. Nudelsuppe von Maggi zum Beispiel. Die Miete zahlte Papilein sowieso, also war für das Überleben des Sprösslings gesorgt. Das Überleben des Sohnes, mit dem man nicht umzugehen wusste. Das war ja beileibe nicht die erste Krise in seinem Leben. Aber er war ja nicht ansprechbar. War das jetzt schon die dritte oder vierte Ausbildung, die der Sohn abgebrochen hatte? Wie konnte man ihn dazu bringen, Vertrauen in die Welt da draußen zu haben, wenn man ihr selbst nur bedingt vertraute?

Aber was für ein Unsinn! Beide Eltern standen doch immer noch mitten im Leben. Er, ein geschätzter und beliebter ehemaliger Superintendent, sie seine liebe Frau, beide mit vielen herzlichen Kontakten, auch immer noch nach Unterlingen, mit vielen Freunden überall in Deutschland, er frisch im Ruhestand, aber das Beste daraus machend. Nur dieser Sohn, aus dem nichts werden wollte, dieser Sohn, das ewige Problem. Der ist die Bürde, die Schuld für irgendetwas, über das wir nicht reden wollen, nicht reden können. Dafür werden wir zahlen. Dafür, dass wir das Problem nicht beheben können, das wir in ihn gepflanzt haben. Dafür werde ich, der Vater, mein Leben lang zahlen, wenn es sein muss. Das wird unser Preis sein, unser Schweigegeld. Wir können nicht bei ihm sein, wir wollen auch nicht bei ihm sein, dafür ist uns sein Leiden zu penetrant, zu nah. Es ist gut, dass wir aus Unterlingen weggezogen sind, sonst wären wir zu belastet gewesen. Wir müssen abwarten und darauf hoffen, dass es von selbst vorbeigeht.

Nonhoff ärgerte sich über das Paket. Natürlich waren darin nur spießige Sachen, von denen Spießer wie seine Eltern meinten, dass sie einen abtrünnigen und verlorenen Sohn wie ihren am Leben erhalten konnten. Nur nicht zu viel, nur nichts zu Teures. Er sollte sich gar nicht erst darauf verlassen, dass sie ihn mit wertvollen Sachen durchfüttern würden. Er sollte sich überhaupt nicht auf sie verlassen, aber richtig verlassen konnten sie ihn auch nicht, denn da war diese Schuld, über die nie jemals gesprochen wurde.

Am Nachmittag kamen Schwurbel und Poppy. Poppy war eigentlich schon vor fünf Jahren nach Berlin gezogen, aber gerade zufällig wieder im Lande. Sie brachten Wertvolles, Hochprozentiges mit: eine Flasche Whiskey, Chivas Regal, 12 Jahre gereift, und damit mehr als halb so alt wie Matze Nonhoff.

Poppy verstand nicht viel von Punk/New Wave, Schwurbel schon. Nonhoff erinnerte sich später daran, dass sie an seinem kleinen runden Tisch gesessen hatten, dass er mit irgendwelchen Platten demonstrieren wollte, wie das Punk/New Wave-Gefühl geht. Er wollte Poppy bekehren, aber er wusste hinterher nichts mehr. Er wusste nicht mehr, wie lange die beiden geblieben waren, worüber sie sich unterhalten hatten - nichts mehr. Er erwachte am frühen Morgen, immer noch angezogen wie gestern, auf seinem Sessel, und er war vermutlich immer noch betrunken. Die anderen beiden waren verschwunden. Der Tag hatte begonnen.

Er ging, mit Jupiter oder ohne Jupiter (gab es den Hund überhaupt an diesem Morgen?), hinaus über die Feldmark in den Wald. Dort begann er zu singen. Er spürte eine merkwürdig unbändige Kraft in sich, er fühlte sich unbesiegbar, auch den Whiskey hatte er ja besiegt und bezwungen. Stand er nicht und ging er nicht durch den Wald? Es gab nichts mehr, vor dem er Angst zu haben brauchte. Es war ein strahlender Junimorgen. Er sang, als wäre ein Opernsänger in ihn gefahren, mit Kraft, und wie er fand, mit einer schönen Stimme. Sah ein Knab' ein Röslein stehen. Kammersänger Fischer-Dieskau. Draußen im Wald konnte auch niemand überprüfen, wie schön das war, weil niemand da war. Außer dem Hund. Und der streunte durch das Unterholz. Es gab ja keine Hundeleine. Hätte ihn ein Förster oder Jäger gesehen, hätte der die Lizenz zum Töten gehabt.

Zuhause angekommen entdeckte Nonhoff auf dem Regal ein Glas mit eingelegten Gurken. Da es schon einmal geöffnet gewesen war, waren die Gurken verfault. Denn das Glas stand auf dem Bücherregal, nicht im Kühlschrank. Und langsam begann er einen dicken Kopf zu bekommen. Er legte sich vorsichtshalber ins Bett, es war ja sowieso nicht mehr viel vom Rest des Tages zu erwarten.

11

Einmal begab sich Nonhoff auf die für ihn weite Reise mit dem Zug nach Gundlingen. In Gundingen waren seine Eltern, seine Exfreundin und seine Großmutter. Die Großmutter feierte ihren 85. Geburtstag. Nonhoff kam, anarchistisch, wie er war, im Blaumann und mit seiner noch ziemlich frischen Glatze zur Feier. Er hatte den Eindruck, dass nur er hier ziemlich klar denken konnte.

Gegen Abend legte er seine Hand auf das Knie seiner Großmutter, weil er vermeinte ihr damit eine Art Solidarität zu erweisen. Sie ignorierte diesen Akt der Zudringlichkeit nach außen hin und redete weiter, als wäre nichts Besonderes. Auch die anderen Gäste, die Familie ihres Sohnes, seine eigene Familie, alle Großtanten und Großonkel ignorierten seine Geste und seine Anarchie und Nonhoff setzte sich selbst ganz schön unter Druck, seine Hand da zu lassen, wo sie war. Es war eine Mutprobe für ihn. Eine Sache, die getan werden musste auf dem Weg zur Freiheit. Gerade, weil man sie eben normalerweise nicht machte, musste sie getan werden. Musste er sie tun. Aber er war dann auch froh, als es vorbei war.

Später abends saß man dann wieder zuhause bei den Eltern, trank Bier aus Kristallgläsern, alten Familienerbstücken, und ließ den Tag Revue passieren. Auch Bruder, Schwester und Schwager waren vor Ort. Als es Nonhoff zu blöde wurde, begann er seine Geschichte zu erzählen, die von der Friedhofskapelle und dem Fenster und dass er das Bedürfnis gehabt hatte, in die Kapelle zu gelangen. Da sagte sein Schwager: »Oh, das ist aber pietätslos«, und grinste dabei ironisch.

In dem Moment dachte Nonhoff, dass er noch nie ernst genommen wurde von allen Mitgliedern dieser Familie, dass immer, wenn er ernsthaft über sich selbst reden wollte, er nur ausgelacht und übergangen wurde, und mit dem Aufwallen einer unheimlichen Kraft fasste er den runden Tisch (auch ein altes Familienerbstück) an der ihm zugewandten Seite und schleuderte dieses andere alte Familienerbstück im Einvernehmen mit seinem Körper und dessen Willen und Kraft gegenüber an die Wand. Von den vier Kristallgläsern war nur eines heile geblieben.

Ganz schön pietätslos, und punkig, könnte man hinzufügen.

Erschüttert von seiner eigenen Aktion und blutend an der Hand, er wusste nicht, warum, verließ er den Raum. Abseits, außerhalb der elterlichen Wohnung, in dem Zimmer, wo der Bruder übernachtetete, durfte er weinen. Der Bruder sagte Worte und wartete auf seine Worte. Diese Worte mussten nichts bedeuten oder erklären; es ging nur darum, das Gespräch nicht zu beenden oder auch ein wenig zu schweigen. Der Bruder war da. Der Rest der Familie war jenseits, voller Schreck und Angst und Unvermögen. Sprachlos, weil ihm die Wörter ausgegangen waren, verließ er den Bruder später und ging die drei Kilometer zu seiner Exfreundin Ilona, die in so einer Ausnahmesituation natürlich für ihn da sein musste. Sie hatte ja auch sonst immer alles mitgemacht.

12

Es ist unklar, wie Nonhoff anschließend den großen Teil seiner Tage verbrachte. Auch seine Nächte müssen einigermaßen ereignislos verlaufen sein. Das Geld, das er ja von seinen Eltern bekam, war nur noch auf das absolute Minimum reduziert. Da blieb für Sex and Drugs and Rock 'n' roll nicht viel übrig. Er war daher angewiesen auf Leute, die ihm einen ausgaben oder auf die Plastiktüte, in der er eine Cannabis-Pflanze verstaut hatte. Eine Pflanze, die vielleicht ein bisschen vor sich hinschimmelte, weil er sie etwas zu früh ins Plastik getan hatte. Jedenfalls rauchte er seit bald einem Jahr regelmäßig von dem Zeug. Es wurde nicht alle, und er hatte von Anfang an das Gefühl, dass es seinen Kopf müde und benommen machte. Er entschied sich dafür, diesen seinen Zustand als »bekifft« zu bezeichnen, obwohl er das wahrscheinlich nicht war. Irgendeiner von einer benachbarten WG hatte damals verraten, dass auf einem Hügel in der Nähe der WG eine Waldlichtung war, und darauf, verborgen vor Augen, für die es nicht vorgesehen war, habe man eine Grasplantage angelegt; mehrere Stauden, und alles sei im Sonnenschein hervorragend gewachsen.

Bei einem Spaziergang, eher zufällig, hatte Matze diese Plantage gefunden und gedacht, naja die eine Pflanze werden die schon nicht vermissen und so war es dann ja auch gewesen, jedenfalls hatte niemand Nonhoff danach gefragt - aber warum auch gerade ihn? Er hatte die Pflanze ziemlich nervös und mit Wurzel ausgerissen, und unter seiner Jacke versteckt, und seitdem hockte er lange Abende ziemlich benommen in seiner Wohnung. Viel mehr blieb ihm nicht. Ein paar Freunde waren in ein zwanzig Kilometer entferntes Dorf gezogen, aber die meisten hausten in einem der Dörfer aus denen Unterlingen bestand, eine Stadt, die an sich schon kaum als Stadt zu bezeichnen war, in die alle umliegenden, und das waren eine ganze Menge, Dörfer eingemeindet worden waren. Unterlingen bestand also eigentlich nur aus auf dem Land und Schwurbel war auf eines der Dörfer gezogen.

Schwurbels Wohnung wollten sich Matze und Schwurbel zuerst gemeinsam nehmen. Schwurbel hatte davon gehört, dass da eine Dreizimmerwohnung frei wäre. Sie fuhren mit Schwurbels gelbem Käfer über die Landstraßen und Matze sah an den Nummernschildern der ihnen begegnenden Wagen jede Menge Glückssignale: jede Menge Neunen und Sechsen, so dass er ganz aufgekratzt war, als sie ankamen. Das Haus war von der Straße aus nicht zu sehen gewesen, man musste auf den Hof fahren. Und da war eine Art Scheune mit Garage im unteren Bereich, und eine steile Treppe führte nach oben, wo offenbar frühere Werkstätten zu einer Wohnung umgebaut waren. Es war alles da, ein Badezimmer mit Badewanne, eine eingerichtete Küche und die drei relativ kleinen Zimmer, aber was wollte man mehr? Man sprach mit dem Vermieter, der einigermaßen nett war. Alles schien auf eine gute Lösung hinzudeuten. Schwurbel war Nonhoffs bester Freund, das wäre doch eine schöne Wendung? Zusammenwohnen?

Aber am nächsten Tag rief Schwurbel an. Der Vermieter habe einen eigenen Hund, und er fürchtete, dass es Konflikte geben würde mit dem Hund von Nonhoff. Schwurbel sagte, dass er die Wohnung aber trotzdem allein nehmen würde. Na klar, jeder kann ja machen, was er wollte. Und wenn er sie allein bezahlen könne, sei das ja auch gut für ihn, sagte Nonhoff oder dachte Nonhoff.

Und deshalb blieb Nonhoff zunächst weiter alleine wohnen.

13

Einmal, es war wohl gerade Hochsommer, vielleicht August, hatte Nonhoff wieder einmal Mühe, einzuschlafen. Der Alkohol war nur noch selten und kaum erschwinglich, und so versuchte Nonhoff aus der Not eine Tugend zu machen und er nahm sich vor, einmal eine ganze Nacht ohne Bier zu verbringen. Kaffee hatte er genug, und davon trank er einige Tassen. Mit dem Effekt, dass er nicht einschlafen konnte. Er dachte, dass diese neue Wachheit und Schärfe zu einer neuen Lebensqualität führen könnte, dass er einen nüchternen und neuen Nonhoff in sich entdecken könnte. Er saß also da und war wach und wusste nichts anzufangen. Vielleicht musste er diesen Vorgang ein paar Mal wiederholen, ein paar weitere Tage ohne Alkohol aushalten, und vielleicht würden dann die neuen, klaren Gedanken aus ihm hervorkommen und sein Leben in völlig neue Bahnen lenken. Irgendwie schafften es ja andere auch, zu sich zu kommen, ihr Leben in die eigenen Hände zu nehmen.

Um drei Uhr Nachts fiel es Nonhoff ein, noch einmal mit dem Hund nach draußen zu gehen. An Schlaf war ja nicht zu denken. So ging er dann mit Jupiter die verlassene Dorfstraße herunter, dort entlang, wo es tagsüber zu viele Menschen gab, die ihn komisch ansahen, weshalb er am Tag immer in die andere Richtung, in Richtung Feldmark ging. Diesmal ging er durch das Dorf. Es war warm und still, kein Hund schlug an, weil er ihn hörte, selbst die Hunde schliefen fest. Es war ein stiller Moment, weil alles schlief und Nonhoff endlich das Dorf für sich hatte. An einer Stelle, wo die Straße einen Knick machte, bemerkte er bei einem Blick nach oben den Sternenhimmel.

Beide, der Sternenhimmel und er, waren hellwach. Beide, er und der Sternenhimmel, sahen sich an. Es war einer der klarsten Sternenhimmel, die er je gesehen hatte.

Da stand es nun, das Firmament, ewig und kalt. Und da stand er nun, der kleine, überflüssige Junge, vergänglich und tot. Und er erinnerte sich daran, dass der Sternenhimmel früher in ihm Rührung hervorgerufen hatte. Dass er später ihm Angst und Panik bereitet hatte, wenn er in warmen Sommernächten versuchte, ohne Zelt und Dach über dem Kopf unter ihm zu schlafen. Dass er Angst gehabt hatte, er könne sein Körpergewicht und seine Schwerkraft verlieren, und dass er in den Himmel gezogen würde, wegfliegen, unrettbar im All verloren.

Im Moment war nicht einmal diese Angst da. Nur das, was er für sich selbst hielt und das, was der Himmel ihm spiegelte, war da, und das war - nichts. Es gab ihn nicht.

In der Stille der Nacht sagte der mondlose Sternenhimmel zu ihm, dass es nichts zu sagen gibt. Der Himmel, die Welt schwieg ihn an. Es gab kein bisschen mehr von früher, auf das er sich berufen konnte, keinen Rest vom alten Nonhoff mehr, nicht einmal eine kleine unbedachte Angst. Noch nie hatte sich Nonhoff so verloren gefühlt.

14

Gekifft wurde viel in Unterlingen und gerne auch in Autos. Und so fuhr man durch die Gegend, kiffend, und giggernd.

Eines Tages befand sich Nonhoff in einem dieser Autos, wahrscheinlich dem von Schwurbel, und kicherte, und sie sahen, dass da ein Auto von der Straße abgekommen war, und sie stiegen aus, bis sie in der Nähe von Emmlingen, im Wald, ziemlich weit ab von der Straße ein Auto bemerkten, ich glaube, ein Rad drehte sich noch, ansonsten wirkte das Auto wie ein Drache, der im Sterben lag.

Das Auto musste aus der Kurve geraten sein. Und es rührte sich nichts. Irgendetwas dampfte. Sie waren zu dritt oder zu viert. Aber keiner von ihnen ging näher an den Wagen. Sie hatten Angst, dass, wenn sie den Fund melden würden, sie selbst wegen Drogenbesitzes angezeigt würden. Sie fuhren weiter und sagten sich, dass den Wagen schon irgendjemand anderes finden würde.

15

Als es dem Herbst entgegenging, verließ Nonhoff kaum noch das Haus. Er machte sich mittags seine Haferflocken mit Kakao, Milch und Zucker und trank dazu seinen Kaffee, der ihm regelmäßig auf den Magen drückte. Dann wartete er ab, was passierte, aber es passierte täglich weniger. Der Anblick seines Hundes machte ihm Schuldgefühle, denn er hatte viel zu selten Lust, mit ihm vor die Tür zu gehen. Und außerdem begann er die unterwürfige Art Jupiters zu hassen. Aber was sollte der denn tun? Er war so geboren und konnte sein Verhalten ja nicht ändern.

Es geschah ab und zu, dass er das Haus ohne Jupiter verließ, zum Beispiel, wenn er nach Unterlingen trampte oder mit dem Bus fuhr. Dann jaulte und bellte Jupiter ihm immer schon entgegen, wenn er wieder nach Hause kam.

Dieser Protest, dieses Lass-mich-nicht-allein, dieses Spiel-mit-mir konnte Nonhoff nicht ertragen, weil er ja nicht nur Jupiter vernachlässigte, sondern auch sich selbst. Er wusste, je älter das Jahr wurde, immer weniger mit sich anzufangen. Die Idee, eine Band zu gründen, hatte er schon fallen gelassen, es nur noch nicht sich selbst gesagt. Aber das war ja gerade das Praktische an seiner Lebensauffassung, dass er quasi überhaupt keine Pläne machen musste, dass das Plänemachen ja geradezu das Gegenteil von dem war, was er wollte: Die Dinge laufen lassen, und wenn etwas passierte, passierte es. Und wenn nicht, dann eben nicht. So ergab er sich der Ereignislosigkeit des Unterlinger Landlebens. Er hatte keinen Führerschein, und seinen letzten Freund Schwurbel konnte er mit dem Fahrrad besuchen - wenn er mal Lust hatte, eine Stunde hin und eine Stunde zurück zu fahren. Jupiter hatte er das eine Mal mitgenommen. Er lief brav neben ihm an der Landstraße her, bis er hinterher blutige Pfoten hatte. Ansonsten hockte er zuhause, drinnen, und wurde immer menschenscheuer.

Er wurde so ängstlich, dass ihn, als er einmal nach Unterlingen trampte, im Auto, das ihn mitnahm, die Angst überfiel, ihm schlecht wurde, und er den Fahrer mitten auf der Strecke bat, anzuhalten. Aber draußen ging es ihm wieder etwas besser, und der nette Fahrer nahm ihn wieder mit. Die Tage wurden dunkler und kälter und in Nonhoff selber sah es nicht anders aus. Er erwachte morgens und ein Schleier legte sich über seine Gedanken und er starrte sich im Spiegel an und sah zu blass aus.

Nonhoffs Leben war ja eigentlich kein Leben mehr, nur noch ein Zustand, der ihn von einem Nichts zum nächsten Nichts führte. Er wusste buchstäblich nicht mehr, was er tun sollte.

Manchmal wenn er über die Felder ging und die Kartoffeln wachsen sah, dachte er an ein autonomes Leben, mit selbst gesammelten Kartoffeln oder Maiskolben. Aber auch dieser zeitweise sich realer und bodenständiger anfühlende Gedanke verpuffte bald wieder, als er dann doch in der Küche stand und sich eine Tiefkühlpizza machte.

Und noch bekam er ja Geld von seinem Vater, wenn auch nicht mehr als das allernötigste. Eigentlich wollte er überhaupt kein Geld mehr von seinem Vater haben. Er war davon überzeugt, dass ihn das Fehlen von Geld aufgerüttelt hätte. Dann hätte er eigenständige Schritte unternehmen müssen. Wenn auch nur zum Sozialamt.

Er war tatsächlich auch einmal dort gewesen, um festzustellen, dass er nicht so einfach Sozialhilfe kriegen konnte, wie er dachte. So beließ er es bei dem einen Versuch. Aber sein Vater hatte mitgedacht und ihm die Adresse von Frau Raubach gegeben. Sein Vater kannte Frau Raubach noch aus seiner Zeit als Superintendent. Frau Raubach benötigte eine gelegentliche Hilfe im Garten, den sie alleine nicht mehr bewältige, und sie würde sich freuen, wenn er sie einmal besuchen würde. In dem Moment, als er in den Bus stieg, spürte er, dass er endgültig verloren hatte. Gegen seinen Vater, aber auch gegen die ganze Welt. Eigentlich hatte er nichts mehr vorzuweisen. Er hatte nichts und konnte nichts, und sein Konzept, sich irgendwie alleine zu behaupten, war in diesem Moment sichtbar gescheitert. Er hasste sich, alleine schon dafür, dass er im Bus saß und sich von diesem befördern ließ. Frau Raubach wohnte in der Nähe des Hauses, in welchem früher Stella gewohnt hatte. In Stella war Nonhoff immer noch verliebt, auch wenn er es sich nicht eingestehen wollte. Momentan versuchte er sich seine Freundin Ilona vom Hals zu halten, was ihm immer leichter fiel, weil sie ihn schon fast aufgegeben hatte. Sie hatte ihn schon lange nicht mehr unangemeldet besucht, auch, weil ihr Studium in Gundlingen sie in Anspruch nahm.

Im Haus von Stella hatte Nonhoff vielleicht die schönsten Stunden seines bisherigen Lebens verbracht. Es waren nur wenige Stunden gewesen, aber intensiv und himmlisch. Es waren drei Jahre seitdem vergangen.

Nun war er am anderen Ende angekommen. Frau Raubach ließ ihn ein. Sie bot ihm Kaffee und Kuchen an und sagte, dass Nonhoffs Eltern sich viele Gedanken und Sorgen um ihn machen würden. Sie sagte, dass er nicht sehr gesund aussähe. Das fehlte gerade noch. Ihre Hand zitterte unkontrolliert. Irgendetwas hatte ihm sein Vater am Telefon darüber gesagt,

Parkinson heiße die Krankheit. Er musste Frau Raubach die Kaffeekanne abnehmen, weil sie es nicht schaffte, ihm Kaffee einzuschenken. Frau Raubach erzählte von ihrer Tochter, die in Hamlingen wohne und selten zu Besuch käme und über ihren Mann; der sei drüben. Dann öffnete sie die Tür zum Schlafzimmer. Und dort lag ein Mann, der sich nicht rühren konnte und nicht sprechen konnte. Er starrte Nonhoff mit wachen, großen Augen an, aber er sagte kein Wort. Auch das noch, dachte Nonhoff. Was für ein Elend! Die Frau, die kaum noch etwas zuwege brachte, der Mann, ein schwerer Pflegefall und dann noch er, ein absoluter Verlierer. Er wollte nicht wissen, dass es so ein Elend in der Welt gibt. Aber er war dazu gezwungen, es sich hier anzusehen.

Dem Garten merkte man an, dass hier schon länger nicht mehr viel passiert war. Manche Geräte im Schuppen, sagte Frau Raubach, deren Stimme auch zitterte, müssten vielleicht einmal repariert werden, ob er das könne, er sei ja so eine Art Tischler?

Sie spielte auf die Ausbildung an, die Nonhoff zuletzt abgebrochen hatte. Ja, vielleicht, sagte Nonhoff. Irgendein Gefühl in ihm wurde wach, als er den Schuppen und die Werkzeuge sah. Er stellte sich einen Moment lang vor, das alles gehöre ihm, und eine Art Abenteuerlust überkam ihn. Aber all das gehörte ihm nicht. Ob er denn das Wellblechdach reparieren könne, zitterte sich die arme Frau Raubach zurecht. Ja, vielleicht, sagte er, aber er hatte keine Ahnung, wie man das machen sollte. Ich überleg mir das alles mal, und melde mich dann, wenn ich Bescheid weiß. Danke für den Kuchen.

Traurig und wissend stand Frau Raubach an der Gartenpforte, als Nonhoff sie verließ.

16

Einmal, es war die Zeit, als die Tage langsam kürzer wurden und es früher dunkelte, da
saß Nonhoff in seinem Wohn-/Schlafzimmer auf
der Couch und wartete darauf, dass die Pizza
im Backofen fertig wurde. Er streichelte Jupiter,
seinen Hund, und verfiel auf abwegige Gedanken, auf die jeder verfällt, der es nicht nötig hat,
sich andere Gedanken zu machen. Da wurde Jupiter ganz unvermittelt unruhig, er begann zu
knurren und empört zu bellen. Nonhoff meinte,
dass wohl jemand draußen am Haus vorbeige-
kommen war, der schlechte Vibrationen mit sich
trug, aber Jupiter guckte nicht nach draußen,
Richtung Fenster. Jupiter bellte in Richtung Regal, zur Wand hin war sein klarer, erkennender,
erschreckter Blick gerichtet. Jupiter sah wirklich
etwas oder jemanden an der Wand, oder vor
der Wand, das oder der ihn völlig aufwühlte
und ihn verstörte.

Das ging so etwa 10 Minuten. Dann kehr-
te die Ruhe in den Hund zurück, und er begann sich zu entspannen. Es war so, als hätte
die Realität, welch dubiose Realität auch immer,
sich für einen Moment das Recht genommen,
zu existieren und wahrgenommen zu werden.
Nonhoff dachte, dass es vielleicht ganz schön
wäre, wenn so etwas öfter mal passieren würde. Dann wäre das Leben nicht so langweilig.

17

Eines Morgens wachte Nonhoff auf, bereit zu neuen Abenteuern und Erlebnissen. Es war ein bedeckter Spätsommertag und er beschloss, von der Hauptstraße aus zum Rand des Dorfes zu gehen. Dazu musste er nur hinter die erste Häuserreihe vordringen, schon war er auf dem Feld. Hinter einem Haus stand ein Mann, der einen Schäferhund hatte. Nonhoff hatte Jupiter dabei, als der Mann ihn fragte: »Wie heißt ihr Hund?« — »Jupiter«, sagte Nonhoff, und der Mann raunzte, »Das ist ja kein Hundename!« Drohend sah der Mann Jupiter an. »Mein Harras hier bekommt kein Dosenfleisch.«

Der Mann hatte ein irgendwie schmutziges Gesicht, wahrscheinlich lag das daran, dass er zu Seife und Wasser ein eher distanziertes Verhältnis hatte.

»Mein Harras kriegt was Richtiges.« Das Folgende grunzte er eher, als dass er es aussprach, es war eher ein Tierlaut: Er öffnete den Deckel eines Bottichs, den er da hatte, und sofort lag ein bestialischer Gestank in der Luft. »Grumpfft, schhcht, woarr. Das kriegt mein Harras.« Gekochte Lunge war das, was da stank, und was er nun mit einer Eisenstange aus dem Wasser in die Luft zog und als der Hund das roch, begann er zu winseln und zu knurren.

Jupiter winselte nicht, sondern hielt Abstand

und Nonhoff hatte ein Gefühl, als wäre er soeben vergewaltigt worden.

Es war vielleicht interessant, in Kontakt mit der Dorfbevölkerung zu treten, aber nicht immer boten sich Verbindungen an, deren Vertiefung besonders vielversprechend gewesen wäre.

18

Einmal wollte Nonhoff wieder hinaus, dahin, wo das Leben war: in die Disco. Und irgendwie kam er auch dahin. Er merkte nicht, wie er dahin kam. Jedenfalls war er dann da. Es spielte sich ja sowieso so vieles im Kopf ab. Immer mehr spielte sich im Kopf ab und immer weniger draußen. Und das Mehr im Kopf war immer weniger lustig oder abenteuerlustig, es war und es wurde immer komplizierter und belastender. Das ganze Leben wurde immer belastender, auch wenn er sich das nicht eingestehen wollte. Die Fassade des frechen Punks aufrechtzuhalten raubte ihm Kraft, und eigentlich wusste er nicht, für wen er diese Fassade aufrechthalten sollte. Wahrscheinlich nur für sich selbst, um sich zu beweisen, dass er recht hatte, dass er siegen würde, dass er überhaupt irgendwas hatte, woran er sich festhalten konnte.

So ging er als Fassade mit seinem vollen Kopf in die Disco. Übrigens nicht als der einzige, der einsam war und einen vollen Kopf hatte, der ihn belastete. Aber so was merkten ja die Einsamen nicht, dass es viele von ihnen gab. Es brachten sich auch immer wieder welche von ihnen um. So ging er denn mit seinem vollen Kopf und seinem neuen Walkman in die Disco, nicht nur im Kopf war vieles, vieles was er übrigens als Gedankenmüll bezeichnen würde, als Gedanken, die den Gedankenfluss nicht befördern, sondern nur erschweren, die eigentlich keine richtigen Gedanken sind, nichts Buchstäbliches, sondern Verstopfung und Ballast und etwas, was nach unten zieht. Und so hatte Nonhoff etwas im Kopf, was ihn beschwerte, und das, was über die Kopfhörer kam, war auch etwas, was zu viel war, wieder eine andere Information, auf die er sich nicht einlassen konnte, weil ja in der Disco auch noch Musik lief. In einem witzigeren Moment dachte er, ich lasse jetzt mal die Kopfhörer auf und gehe auf die Tanzfläche und tanze nach meiner Musik auf den Kopfhörern.

Aber es war nicht witzig. Es war scheiße.

So saß er, durch den Walkman noch desorientierter als er es schon normal gewesen wäre, in einer Art Separee, immer noch die Kopfhörer auf den Ohren, als ein Bekannter eines Bekannten ihn ansprach und fragte, ob er sich das Gerät mal ausborgen dürfe.

»Klar«, sagte Nonhoff und ging tanzen. Jetzt konnte er wenigstens ungestört tanzen. Er trank noch ein Bier. Und tanzte. Und trank noch ein Bier. Und tanzte. Es war ja nicht viel los. Als er zurück ins Separee kam, war da wieder der Bekannte eines Bekannten. Da fragte er ihn, ob er seinen Walkman zurückhaben konnte. Der Bekannte eines Bekannten sagte, dass das jetzt schlecht sei, er habe den Walkman jemand anderem geliehen, aber der sei irgendwie nicht mehr da. Ach so, sagte dann Nonhoff, dann könne man nichts machen. Später fuhr Nonhoff mit irgendwem nach Hause.

19

Es gab keine fortlaufende Geschichte für Nonhoff, sein Leben strebte keinem wirklichen Ziel entgegen und daher gab es auch keine Vergangenheit, an die er anknüpfte und die er meinte, in eine Gegenwart und von dort in eine Zukunft überführen zu müssen. Und so erklärt es sich, dass Nonhoff von einer Situation in die andere schritt, eher situativ die Welt beurteilte, und eher spontan entschied, wie er welcher Realität begegnete.

Unter uns gesagt, war seine Phantasie nun aber nicht so ausgeprägt, dass er einen besonderen Variantenreichtum bezüglich seinen Interaktionen entwickelte. Und manche Erinnerungen hob er sich denn auch länger als einen Tag auf, weil er der Meinung war, dass er in ihnen doch besonders strahlend vom Platz ging. So dachte er schon immer noch gerne an die Szene mit dem Punkermädchen und ihrer in die Ecke geschleuderten Brille.

Würde er noch einmal in einer so ähnlichen Szene so glänzen, wäre doch irgendwie eine Art »Markenkern« bei ihm erkennbar. So ein Flair aus hart und punkig. So ähnlich stellte er sich dann doch einen nach außen hin erkennbaren Charakter vor, etwas, an dem zumindest die Welt erkennen konnte, wer er war, und wenn die Welt ihn erkennen konnte, vielleicht gab es ihn dann auch wirklich. Zumindest teilweise.

Was Nonhoff aber vergaß, war, dass es spät war, und dass sich die Zeichen, die er empfing und vor allem die Zeichen, die er aussandte, verbraucht hatten, vor allem vergaß er, dass ein Markenkern nicht dadurch zustande kam, dass man Dinge dumpf wiederholte, ohne ganz ihren Urimpuls noch zu spüren. Und Nonhoff spürte sich selbst immer weniger.

Nonhoff saß mal wieder in der Disco, seiner Disco, die aber auch immer weniger seine Disco war, weil er selber immer weniger in seiner Disco war. Er war ja immer mehr dieses gedankliche Makramee, dieses geistige Patchwork, diese Störung des geradlinigen Denkens, und er erschwerte sich den Weg zum Handeln, weil sein Kopf entweder unspontan und langsam arbeitete oder weil er schlicht nicht mehr zu unterscheiden wusste, ob der aktuelle Gedanke eine Tat rechtfertige oder eher nicht.

Jedenfalls biss Nonhoff das Mädchen, das neben ihm saß, in den Oberarm. Ohne Vorwarnung. Ohne Gruß oder Kuß, völlig unbekannterweise. Ein Biss, der sicherlich ein bisschen weh getan hatte.

Das Mädchen war noch ziemlich jung, aber als er das merkte, da hatte er es schon gebissen. Vielleicht tat es ihm auch schon ein bisschen leid. Sie guckte ihn verstört, aber leider nicht bewundernd an, wie die andere damals. Aber was sollte er machen, er hatte jetzt damit angefangen. Er konnte jetzt schlecht nachhause gehen.

Irgendetwas wenig Überzeugendes sagte er zu ihr. Etwas, das er sich nicht merken wollte und deshalb vergessen hatte, bevor er zuhause war.

Eigentlich war es jetzt schon peinlich, aber nun war er in dieser Rolle des Bad Boy. Wohl fühlte er sich darin nicht besonders. Er konnte in sich zu wenig von dem Gefühl finden, das ihn damals zum Wegwerfen der Brille bewegt hatte.

Später ging das Mädchen hinaus, offenbar nach Hause, und Nonhoff fühlte, dass er noch nicht fertig war. Er musste diesen Auftritt irgendwie zum Ende bringen. Aber es war noch ein Mädchen und ein Junge dabei. Der Junge hatte sich anscheinend vorgenommen, sie zu beschützen. Und es wurde dadurch Nonhoff noch schwerer, eindeutige Verhaltensschemata zu präsentieren.

Sie gingen die Landstraße entlang. Nonhoff immer nebenher, meist wortlos, oder wenn, dann verdrängte er schnell, was er gesagt hatte. Nonhoff war fehl am Platz und diese Jugend kapierte einfach nicht, was Punk war.

Ein Dorf weiter waren sie da angekommen, wo sie hinwollten, und Nonhoff ging allein weiter, in dieser warmen Vollmondnacht, noch ein Dorf und noch ein Dorf. Ab und zu bellte ein Hund. Dann gab es eine Abkürzung nah an einem Waldstück. Es war sehr still und sehr einsam, und so fühlte Nonhoff sich jetzt auch. Allein mit sich selbst, mit diesem gewalttätigen Punk, der sich selbst fremd vorkam, aber einen anderen Matze gab es derzeit nicht. Nah am tiefen, dunklen Wald wurde es kühl. Aus dem Wald heraus drangen Vogelschreie, die sich nicht wie Vogelschreie anhörten, sondern wie etwas Böses, das Nonhoff selbst war. Er bekam Angst vor den Schreien, und vor sich selbst. Und er rannte nach Hause, so schnell er konnte.

20

Einmal fand sich Nonhoff wieder in einem Haus auf dem Lande. Er war dahin gekommen mit einem jener Bekannten, die dafür bekannt waren, dass sie eigentlich nirgends wohnten, immer nur bei Bekannten auf Matratzen schliefen. Er war nicht verwahrlost, kein Obdachloser, aber auch kein Wohnender. Man könnte sagen, ein Hippie, falls es noch Hippies gab im Jahr 1981. Hendrik hatte sogar ein Auto, und er schlief sicherlich auch manchmal darin.

Jetzt saßen er und Nonhoff bei diesem Bekannten, der, wie Nonhoff, irgendwo auf dem Lande eine Wohnung, oder gar ein Haus hatte.

Interessanterweise hat dieser Mensch, ein junger Mann, kein Gesicht mehr. Nonhoff kann es heute nicht mehr rekonstruieren, auch der Ort, wo er wohnte, ist ihm nicht mehr erinnerlich. Er weiß kaum, wie er dorthin kam, obwohl er nüchtern und es Tag war. Vielleicht alles ein Indiz dafür, dass die Welt für Nonhoff immer mehr zu einem unidentizifierbaren, bedrohlichen Brei wurde. Irgendwie blickte Nonhoff neidisch zu ihm auf, denn er wirkte wie jemand, der ein geordnetes, selbstbewusstes Leben führte. Er erzählte, dass er in der Nähe, an einer Autobahnraststätte, arbeitete, und dort ein ganz gutes Geld verdiente. Irgendwie auch ein Hippie, war er unabhängig, und in der Lage, sich sein Haus und sein Essen zu verdienen und ab und zu einen Joint zu rauchen. Und eine Sache, die Nonhoff für besonders beeindruckend hielt, führte er für ihn vor.

Er nahm ein rohes Ei, machte kleine Löcher an beiden spitzeren Enden, und saugte an der einen Seite das rohe Ei aus.

Das sollte gesund sein, gut für die Stimme, und Energie spenden.

Nonhoff war begeistert von der selbstverständlichen Autonomie und der Geste der Freiheit. Nonhoff war neidisch auf dieses selbstsichere Leben, das keine Anzeichen von Zweifel oder Unsicherheit aufwies. Dagegen war sein eigenes Leben von morgens bis abends dadurch bestimmt, dass es für ihn keine Berechtigung dafür gab, es zu leben.

Und der Job an der Raststätte hatte etwas Verheißungsvolles, Fremdartiges, wie ein Hafen. Hier gab es Kontakt zur großen Welt, jeden Moment die Möglichkeit, abzuhauen, weg zu sein. Aber wohin hätte Nonhoff schon abhauen sollen, und womit sollte er da draußen sein, wenn er nicht wusste, was hier drinnen war, wenn es nichts gab, womit er abhauen konnte?

Er hatte sich verabschiedet von allem, was ihn früher ausgemacht hatte, und sicherlich war da nicht viel Schönes dabei gewesen, eine erfolglose, frustrierte Kindheit, Regeln, die er nicht schaffte zu befolgen und sein schlechtes Gewissen, weil er diese Regeln nicht schaffte, zu befolgen.

Gleichzeitig der Zweifel, ob diese Regeln es wert waren, sie zu befolgen.

Und dann kam der Abschied von dem, der sowieso nichts geschafft hatte, zu dem, der nicht mal mehr wusste, ob etwas zu schaffen sei, weil er keine Regeln anerkannte, hin zu dem, der von den nicht vorhandenen Erwartungen sowieso keine einzige erfüllte, der noch nicht einmal das Ziel hatte, nicht vorhandene Erwartungen zu erfüllen, nicht vorhandene Regeln zu befolgen, eben nichts Anderes wollte, als ein unschuldiges unbeschriebenes Blatt zu sein. Dieses unbeschriebene Blatt war Nonhoff nun, das von der Hand in den Mund lebte, in dessen Hand das Geld vom Vater war. Das Geld des Mannes, der sich seine Pension erarbeitet hatte, der es verdient hatte, indem er das System Kirche am Leben hielt, und es nun zum Teil selbstlos seinem Sohn gab.

Also war das »von der Hand in den Mund« eine Illusion. Nonhoff lebte von dem Geld, das die Kirche seinem Vater zahlte. Kein Wunder, dass er nicht von seinen religiösen Gedanken abkam.

21

Einmal fuhr Nonhoff, und es war schon winterlich und dunkel, mit einem Bekannten in das Dorf, in dem früher seine Kinderliebe Sabine gewohnt hatte. Vielleicht war Sabine heute drogenabhängig. Er dachte an seine erste Liebe, die immer nur dann funktioniert hatte, wenn er Abstand zu Sabine hatte. Je größer der Abstand, desto größer die Liebe.

Im Haus, in dem er sich wiederfand, ging auch Sabine manchmal ein und aus. So als wäre sie ein normaler Mensch mit normalen Problemen. Für Nonhoff war sie immer noch 11 Jahre alt und gleichzeitig unreal. Und ein Mann war dabei in diesem Haus, er redete nicht viel, aber er hatte so eine Art Grundlächeln. Irgendeine Art Zufriedenheit, ohne äußeren Anlass. Der Mann war Buddhist, so hieß es.

Irgendwie war er Nonhoff unheimlich, aber zugleich beneidete er ihn. Und er dachte, ehe ich soweit komme auf dem Weg zur Erfüllung und zum Glück, da muss ich erst Mal neu geboren werden.

Der Mann hatte lange Haare, die er hinten zusammengebunden hatte. Sein Grundlächeln war unheimlich. Wahrscheinlich ist auch er nur so ein kaputtes Arschloch, dachte Nonhoff. Der Mieter der Wohnung war dünn und um Freundlichkeit bemüht. Er hatte sich erst kürzlich freiwillig in eine Psychiatrie aufnehmen lassen und hatte dort etwa 5 Wochen lang gelebt. Vorläufig ging es ihm gut.

Es war übrigens auffallend, wie oft Bekannte, also Bekannte von Bekannten, sich das Leben nahmen. Es wurde als relativ normal hingenommen. Erst kürzlich hatte sich jemand vor einen Zug gestellt. Man nahm das gleichmütig hin, als wäre der Gedanke derartiges zu tun, doch relativ naheliegend. Und wieder einer weniger.

22

Es wurde Herbst, und dann schrieb sein Vermieter, dass das nicht mehr so weiter ginge. Seine
Wohnung rieche nach Hund und das sei unzumutbar und er müsse ausziehen. Das verstand
Nonhoff, denn der Vermieter hatte Recht. Durch
Zufall erfuhr er von einer Wohnung in einem
anderen der vielen Dörfer, aus denen Unterlingen bestand. Er sah, dass die Wohnung, die
zum Teil aus alten Stallungen bestand, ziemlich
groß war, mit einem Klo, das von der Tenne
abging und keinem Badezimmer. In der Küche
waren zwei Kochplatten. Warmwasser gab es
nicht. Und es gab drei Kohleöfen, aber keine
Kohle.

Nonhoff hatte keine Ansprüche, jedenfalls hatte er keinen Sinn für Ansprüche.Wenn er eine Wohnung bekommen konnte, dann war das
schon seine Bestimmung, dann musste er sie
schon nehmen. Und er bekam diese Wohnung.
Das Klavier stand ab sofort in der Tenne. Aber
er wusste irgendwie überhaupt nicht mehr, wie
er darauf spielen sollte. Er fühlte sich fremd im
Ort, hatte den Eindruck, dass seine Nachbarn
ihn merkwürdig ansahen, aber nun war er da.
Zwei Zimmer nahm er für sich. Er hatte für den
einen Raum extra türkise Farbe besorgt, und vor
die Fenster hängte er Tücher, damit keiner rein-
gucken konnte. Und im dritten Zimmer wohnte

Rudi.

Rudi war arbeitslos, eigentlich ein netter Kerl, vielleicht ein bisschen naiv. Aber mit ihm war Nonhoff bisher immer ganz gut ausgekommen. Und es ging ja darum, gut zusammen zu wohnen. Es gab keine weiteren oder größeren Ziele, für keinen der beiden. Vielleicht ab und zu arbeiten, jedenfalls war das ein Ziel, das Rudi hatte. Arbeiten, um zu leben und um sich Haschisch kaufen zu können. Aber für Nonhoff war Arbeiten außerhalb seiner Vorstellungskraft. Für ihn ging es nur ums Wohnen, in diesem Fall ums Zusammenwohnen.

Aber nach ein paar Tagen Zusammenwohnen stellte Nonhoff fest, dass er eigentlich immer noch alleine wohnte. Er sah Rudi kaum und meist hockte er alleine in seinen beiden Zimmern, und dachte darüber nach, über was er noch nachdenken könnte. Aber es wurde nicht besser. Ideen kamen ihm keine, und je weniger ihm einfiel, desto mehr quälte ihn der Fakt, dass der Tag voll Zeit war, die ungenutzt verstrich. Er wachte morgens auf, genoss die ersten Sekunden, in denen sein Kopf noch frei denken konnte, aber dann kam die Schwere und die geistige Lähmung, die daraus resultierte, dass er nicht wusste, was er tun konnte oder zumindest tun sollte. Es gab keinen Platz mehr für ihn in der Welt. Auch Ilona hatte sich schon längst nicht mehr blicken lassen. Sie sagte, sie hätte Angst vor den Mäusen in der neuen Wohnung. Er hatte noch keine Mäuse gesehen, aber vielleicht hatte sie Recht. Es musste Mäuse im Haus geben.

Ilona kam nicht mehr, Rudi war nie zuhause, oder jedenfalls sah er ihn nicht oder nur selten. Und es wurde immer schlimmer. Jeden Morgen nach dem Aufwachen schob sich ganz schnell diese Klammer um sein Gehirn, direkt hinter seine Augen, sodass er nicht mehr denken konnte. Und wenn er gedacht hätte, dann wäre es alles nur noch schlimmer geworden, denn dann hätte er gemerkt, dass es keinen Ausweg gab. Es gab nicht viel zu tun. Ab und zu musste er einkaufen. Sich aus dem Haus zu trauen, war schon eine Prüfung, ab und zu musste er nun wenigstens einen Ofen beheizen, damit nicht alles auskühlte. Aber meistens fand er sich im Bett liegend. Ein Mädchen aus der Nachbarschaft, es mochte 11 oder 12 Jahre alt sein, fragte, ob es ab und zu mit Jupiter spazieren gehen könne. Natürlich durfte es. Wie beschämend, dass sie Nonhoff ansehen konnte, wie es ihm ging.

Aber allein das dreimalige um den Block gehen mit Jupiter (er hatte ihm inzwischen eine Leine besorgt, an die der Hund sich nur widerwillig gewöhnte) war für ihn schon anstrengend, und es war ihm unangenehm, wenn die Leute ihn ansahen, und ihm ansahen, dass er sich schämte. Dafür, dass er ein Nichts war, und dass er eigentlich keine Berechtigung hatte, in der Welt zu sein.

Am Ende war er ganz allein. Er hatte keine Arbeit, die Wohnung zahlte sein Vater, er hatte keinen Beruf, er hatte keine Pläne, er hatte keine Freundin mehr, er hatte keine Ziele, er hatte keine Hoffnung, er hatte nicht einmal mehr Gedanken, die länger als einen halben Satz dauerten.

Manchmal war Rudi, sein Mitbewohner, da. Manchmal war dessen Geliebte bei ihm, eine verheiratete Frau aus einem anderen Dorf. Einmal vögelten sie so laut und vehement, dass das Bett fast zusammenbrach. Und diesmal war auch ihr Ehemann gekommen und schrie, du Votze und du Hure. Er trat gegen das Bett, und er weinte. Nonhoff zog sich die Decke über die Ohren. Nach einer Viertelstunde war es wieder still. Nonhoff fühlte sich nicht besonders zuhause.

Eines Morgens dachte Nonhoff, dass er jetzt bei Null angekommen war und dass es keinen besseren Moment gab, als diesen, um von Null aus anzufangen und die reine Wahrheit, das reine Buch, die reine Literatur zu schreiben.

Er versuchte gegen seine Kopflähmung anzuschreiben. Es wurden die einzigen vier Sätze in einem halben Jahr. Das funktionierte also auch nicht.

Das Klavier auf der Tenne machte nur komische Töne, wenn er es spielte. Der Hund jaulte und winselte und pisste in die Ecken.

23

Als er an einem dieser langen Tage im kalten Schlafzimmer in seinem Bett in der neu gemieteten Wohnung lag, dachte er daran, dass es ja mal für ihn funktioniert hatte, ganz traditionell an diesen christlichen Gott zu glauben. Es war zwar jetzt schon fünf oder sechs Jahre her, aber damals hatte es gewirkt, Gott in das Herz einzulassen, es war wie eine Droge gewesen, schön, warm, liebevoll und auf eine Art ekstatisch. Er war wie verwandelt gewesen, und alle um ihn herum merkten es sicherlich, nur seine Eltern, denen er ja gerade eine besondere Freude machen wollte mit seinem endlich gefundenen Glauben, waren irgendwie skeptisch. Sie dachten wahrscheinlich, dass sich bei ihrem Sohn wieder eine neue unberechenbare Krise ankündigte.

Jedenfalls hatte es geklappt. Es war ein abgesegnetes, sogar institutionalisiertes stimmungsaufhellendes Mittel, das es gab, weil es zuverlässig wirkte, oder das zuverlässig wirkte, weil es es gab. Es gab Millionen von Menschen, bei denen es wirkte und es war nicht illegal, sondern sogar vom Staat befürwortet und gefördert.

Also lag Nonhoff in seinem Bett — es gab nichts mehr, woran er sich halten konnte, sein alternativer Gott des Zufalls und des Punk war schon längst verstummt. Er war innerlich leer und orientierungslos, da begann er, mit einem Kugelschreiber an die Wand über seinem Bett ein Kreuz zu zeichnen. Er betrachtete das Kreuz, faltete die Hände, und ein paar Minuten lang wurde ihm warm und wohlig. Das Kreuz schien mit ihm zu kommunizieren.

Nach einer Stunde war das Kreuz wieder so kalt wie die Wand, auf der es gezeichnet war. Und Nonhoff wusste, dass auch diese Rettung keine Rettung mehr war.

24

Nach einem Monat kam Besuch ins Haus. Hinrich hatte derzeit keine Wohnung, weil er aus dem Knast kam. Es sei doch okay, wenn er erstmal bei Rudi wohnte? Ja, klar. Es kam immer alles so, wie es kommen sollte. Das war ja immer Nonhoffs Motto gewesen. Also zog Hinrich in Rudis Zimmer mit ein. Hinrich war der berühmteste Haschischdealer der Gegend gewesen und er war dafür drei Jahre im Gefängnis gelandet. Nach den drei Jahren war nichts mehr wie früher in Unterlingen. Und Hinrich konzentrierte sich auf das Nötigste.

Am ersten Tag in Freiheit kaufte er sich Brötchen und beim Fleischer Tatar. Dann schmierte er sich sorgfältig sein Brötchen mit Butter, darauf das Tatar, darauf ganz fein geschnittene Zwiebel. Dann setzte er sich entspannt, aber konzentriert auf seinen Stuhl, und biss in sein Brötchen. »Auf diesen Moment habe ich seit drei Jahren gewartet« sagte er.

Und Nonhoff beneidete ihn. Er beneidete ihn um seinen Genuss, aber auch um die Zwangspause von drei Jahren, die ihm ja erst diesen Genuss ermöglicht hatte. Er dachte, dass es vielleicht für ihn besser wäre, drei Jahre ins Gefängnis zu kommen, weil er dann wüsste, was Freiheit ist, wer er selber ist, welchen Geschmack er überhaupt hatte. Und wenn er wüsste, welchen

Geschmack er hatte, dann könnte er überhaupt erst glaubwürdig sein, überhaupt andere davon überzeugen, dass er ein eigenständiger Mensch sei. Aber die Freiheit, die er hatte, hatte ihn irgendwie zum Verschwinden gebracht. Es war ja nicht so, dass er traurig war. Es war diese Löschmaschine in seinem Kopf, die alles schon auslöschte, bevor es Schmerz, bevor es Trauer werden konnte. Es war alles weiß in seinem Kopf, und seine Lippen kribbelten. Und er war blass.

25

Einmal kamen seine Eltern vorbei. Sie mussten ihren Besuch angekündigt haben. Sonst hätte er nichts davon gewusst. Und so machte er ein bisschen Ordnung und zeigte seinen Eltern, was für ihn jetzt sein Leben war. Sie saßen ihm höflich gegenüber, obwohl sie sich zwingen mussten, sich überhaupt hinzusetzen. Die ganze Wohnung stank nach Hund, und inmitten ihr Sohn, der auf den Hund gekommen war. Sie blieben höflich. Er blieb blass und konnte ihnen nichts vormachen, es sah nicht gut um ihn aus. Aber was hatten sie erwartet?

Sein ganzes Leben hatten sie ihm gezeigt, wie man sich fühlt, wenn man alleine gelassen wird, ein ganzes Leben hatten sie ihn alleine gelassen und jetzt sahen sie ihn, wie er alleine dasaß und ihnen nichts vormachen konnte. Er saß da, als wolle er sagen: Das ist das, was ihr aus mir gemacht habt. Sie fuhren nach einer halben Stunde wieder weg, nach Gundlingen, in ihrem Ford, in ihre heile Welt. Aber sie konnten mit der Aussage seines Anblicks nichts anfangen, sie konnten nicht einmal richtiges Mitleid empfinden, weil sie irgendwo in ihrem Inneren genauso allein und verlassen waren, weil sein Anblick in Wahrheit ihr eigener Anblick war, den sie jahrzehntelang versucht hatten, zu überspielen, sich abzutrainieren. Das, was unter ihrer

Maske war, war ihr Sohn. Die Verzweiflung, die Vergeblichkeit von Gefühlen, die Einsamkeit, die Leere.

26

Einmal, es ging schon gegen Winter, und Nonhoff wohnte in der Wohnung, in der er eigentlich nicht mehr das Gefühl hatte zu wohnen, oder überhaupt atmen zu können. Er zahlte auch keine Miete mehr, hatte auch kein Geld mehr, um sich Essen zu kaufen. Einmal also, in der Zeit, als Nonhoff eigentlich schon nicht mehr wusste, ob er existierte, oder wenn er existierte, warum er existierte, einmal also in dieser Zeit, als es gegen den Winter ging, es war vielleicht November, da hatte er sich mit Schwurbel verabredet. Er hatte es irgendwie geschafft, mit Schwurbel zu vereinbaren, dass er ihn besuchen wolle. Ohne Telefon, wahrscheinlich mit Telefonzelle, wahrscheinlich mit 20 Pfennig.

Und dann saß Nonhoff bei Schwurbel, in der Wohnung, die Schwurbel immer noch bewohnte, und es war Bier da, und der Durst war groß, und die Musik funktionierte. Es war ein bisschen so wie früher, als alles funktionierte und gut war. Und sinnvoll war, und es diese lockere Solidarität gab, diese Übereinkunft, dass man am selben Strang zog: gegen eine Welt, die, laut Übereinkunft, ein reichlich verrotteter Platz war und absurd. Das sagte die Musik, und das dachten die, die die Musik hörten und sich dadurch gegen die verrottete Welt behaupteten, jedenfalls so lange die Musik lief, solange das

Bier die Gurgeln hinunterlief. So ein ähnliches Gefühl wie früher stellte sich für ein paar Momente ein.

Niemand wusste und keiner konnte ahnen, warum Nonhoff Schwurbel auf einmal würgte. Vielleicht war das nur der letzte Rest radikalen Punkerseins, der noch in ihm schlummerte, und weil er der Meinung war, dass Schwurbel eben dieser letzte radikale Aufbegehrungsrest GEGEN DIE GANZE WELT fehlte, wollte er ihn vielleicht aus ihm herausholen. Wie auch immer, auch dieser Rest wurde von Schwurbel gleichmütig und tolerant beantwortet, indem er Nonhoff in den Schwitzkasten nahm, und ihm gerade so viel Kraft entgegensetzte, dass er keine Oberhand über ihn gewinnen konnte. Und es war recht schnell deutlich, was die beiden vorher noch nie exerziert hatten, dass Nonhoff Schwurbel körperlich unterlegen war. Irgendwann lagen die beiden am Boden, ringend, aber Schwurbel hatte immer die Macht, das bisschen, was an Nonhoffs Kraft zu viel, zu dominant gewesen wäre, zu bremsen, und er tat es.

Keiner wusste, was Nonhoff geritten hatte, jedenfalls, nach einem etwas längeren, immer erschöpfenderem Tête-à-Tête, sah er die Autoschlüssel von Schwurbels kotzgelbem VW Käfer auf dem Tisch liegen, und griff zu. »Ich fahre jetzt«, sagte er, und Schwurbel grinste gutmü-

tig, wahrscheinlich froh, dass er dieses Nerven-
bündel nicht mehr direkt am Hals hatte. An
diesem Abend fühlte sich Nonhoff so lebendig
wie lange nicht mehr, und natürlich setzte er
sich in den kotzgelben Käfer und startete den
Wagen.

Dazu muss man wissen, dass Nonhoff außer
einer Handvoll Matchbox-Autos niemals ein Auto besessen hatte, auch einen Führerschein hatte
er weder versucht zu machen noch jemals gemacht. Er hatte ab drei Litern Bier zwar ab und
zu das Bedürfnis, eigenhändig Auto zu fahren,
aber das Bedürfnis nach einem Führerschein war
ihm nie untergekommen.

Eine feine Schicht Schnee lag auf den nächt-
lichen Straßen und Nonhoff und der Käfer glit-
ten gemächlich darüber hinweg, auch wenn es
hier und da rutschig wurde, Nonhoff hatte das
Gefühl, die Sache in der Hand zu haben. Wenn
er betrunken war, war er sicher, dass er Auto
fahren konnte, wenn er nüchtern war, kamen ab
und zu Zweifel daran auf.

Auf einer schmalen Brücke über den Fluss
kam ihm ein Wagen entgegen. Für einen Moment dachte er darüber nach, dass seine lang-
same Fahrweise eventuell auffallen könne, aber
da es ja schneite, konnte sie als reine Vorsichts-
maßnahme interpretiert werden.

Als er dann die acht Kilometer von Rottenhagen nach Marielingen zurückgelegt hatte, saß Nonhoff einen Moment in Schwurbels Käfer vor seiner Wohnung und hatte keine Lust hineinzugehen. Hatte denn nicht die Disco auf? Da er ja heute sich lebendig fühlte, wollte er sich das Gefühl bewahren und verlängern und daher fuhr er auch die fünf weiteren Kilometer bis Wetze durch den Schnee.

Als er am nächsten Morgen in seiner Unterbringung aufwachte, hatte er einen Kater, aber keine Erinnerung mehr daran, was ihm diesen Kater verschafft hatte. Vor dem Haus entgegen der Fahrtrichtung stand auf der anderen Straßenseite der kotzgelbe Käfer. Er schlich sich zur Telefonzelle, um Schwurbel zu sagen, wo sein Auto war.

Dann fiel er wieder in sich zusammen, und er konzentrierte sich auf das, was er in den letzten Wochen und Monaten doch so ausgiebig sein wollte, mit großem Erfolg, er fing wieder damit an, nicht mehr zu existieren.

27

Über Weihnachten fuhr Nonhoff zu seinen Eltern, in ihre heile Welt.

Die Zugfahrt war schwer zu ertragen. Jeder musste sehen, wie es ihm ging. Dass sein Herz zu schnell schlug, dass er nicht wusste, wohin er gucken sollte. Jeder musste schon im ersten Augenblick wissen, was für ein Verlierer er war. Es stand ihm ja auf der Stirn geschrieben. Das Eingeständnis seiner absoluten Unfähigkeit, sein Versagen. Und mehr noch, es stand ihm auf der Stirn geschrieben, dass sein Leben nirgendwo mehr verankert war. Dass er ziellos durchs Leben trieb, und das wiederum machte ihm Angst, denn was konnte er machen ohne einen Halt. Er hatte die Wahl, seine Umgebung hilfesuchend anzusehen, oder neutral wegzugucken, aus dem Fenster, zwischen den Fahrgästen hindurch. Aber wehe, jemand sah ihm in die Augen, denn dann verriet sich das ganze Elend. In Gundlingen stieg er aus dem Zug, ohne seinen Beutel mit ein paar Habseligkeiten mitzunehmen. So verwirrt war er. Wie durch ein Wunder (gab es doch noch Wunder?) konnte er den Beutel ein paar Tage später im Gundlinger Bahnhof abholen.

Bei seinen Eltern gab es einen Weihnachtsbaum, es gab leckeres Essen, es gab Zentralheizung, es gab das Weihnachtsoratorium, wie jedes Jahr, auf Schallplatten von der Deutschen

Grammophon Gesellschaft. Seine Mutter guckte begütigend auf dem Tisch herum, sein Vater zelebrierte sich selbst, indem er ostentativ staunend und Weißwein trinkend, Brief um Brief öffnete. So viele Grüße, so viele Freunde, immer noch, selbst im Ruhestand noch immer so gut aufgenommen in der Gemeinschaft. Versonnen und mit Tränen der Rührung in den Augen zeigte er dem Sohn, was der alles nicht hatte, was der auch nicht verdient hatte, aber was er ihm doch schon gerne gönnen würde. Ein Heim, eine Familie, einen Beruf, Freunde, Liebe, Glück, Anerkennung.

Er zeigte seinem Sohn das komplette Gegenteil von dessen eigener Existenz. Der Sohn war auf ganzer Linie und in jeder Hinsicht gescheitert. Seine Anarchie, sein Glaube hatte sich in Luft aufgelöst, sein komischer Glaube war nicht tragfähig, sein Lebenskonzept, seine Pläne hatten zu nichts geführt. Der Sohn hatte nichts erreicht, er war nach wie vor abhängig vom Geld des Vaters. Aber das Beste: Der verlorene Sohn wurde immer wieder aufgenommen, denn so selbstlos und christlich war der Vater. Wie konnte oder sollte er denn seinen eigenen Sohn in der Gosse liegen lassen? Zusammengefasst: Er hatte erfolgreich seinen Sohn zur Lebensunfähigkeit erzogen, aber er zeigte sich generös, er zeigte sich devot und uneigennützig, er bot ihm eine weitere ewige Abhängigkeit, die dessen Lebensunfähigkeit nur noch verlängerte. »So lange ich kann, werde ich immer die Rechnungen von Markus bezahlen. Und mein stilles Leid, mein Opfer wird mir im stillen Kämmerlein mein Gott vergelten. Ich wollte es ja nicht laut sagen, aber ich bin so ein verdammt guter Mensch. Ich kann mir so viel auf mein Gutsein einbilden. Was für ein warmes Gefühl der Genugtuung.«

Je besser es dem Vater ging, desto schlechter erging es dem Sohn. Je mehr der Vater opferte, desto größer war das Schuldgefühl bei seinem Sohn. Der Sohn war allein hinaus in die Welt gegangen, um es zu schaffen, aber die Welt hatte sich als eine Quelle der Angst, des Scheiterns, der Vergeblichkeit entpuppt. Das Scheitern war die Folge des Nichtversuchens. Das Nichtversuchen die Folge des absoluten Gottvertrauens.

Inzwischen hatte der Vater das kaputte Kapellenfenster bezahlt. 500 DM waren damals nicht wenig Geld. Der Sohn zahlte mit seinen Schuldgefühlen und jetzt hatten sie ihn genau da, wo sie ihn immer haben wollten. Sie hatten ihm bewiesen, dass sein eigener Weg von vornherein zum Scheitern verurteilt war. Und so saß er jetzt auf dem Sofa der Eltern: Nichtig, wertlos, schuldzerfressen. Und den Eltern gefiel sein Zustand, weil dieser sie von ihrer eigenen Nichtigkeit ablenkte.

Nonhoffs Hoden schrumpelten, sie wurden immer kleiner, es war, als würden sie sich selbst verdauen.

Auf dem Weg zurück wusste Nonhoff, dass das nicht mehr so weitergehen konnte. Aber er hatte immer noch keine Antwort auf die Frage »Wohin?«.

28

Als Nonhoff zurück war, war es kalt in Marie-lingen. Und draußen war es dunkel. Die Kohlen aus dem Kohleschuppen waren verbraucht, aber es hatte niemand neue Kohlen gekauft. Und es war der kälteste Monat im Jahr. Die beiden Mitbewohner hatten schon einen von Nonhoffs Sesseln in den Ofen geschoben. Nun hatten sie die beiden Kochplatten in der Küche einge-schaltet, um damit zu heizen. Die Temperatur in ihrem Zimmer muss etwas wärmer gewesen sein, als bei Nonhoff. In Nonhoffs beiden Zim-mern war es kalt. Er sah den Atem vor sei-nem Mund. Es gab nirgends ein Thermometer. Nachts legte er sich alle alle größeren Textilien aus dem Kleiderschrank oben auf die Bettdecke, um nicht zu frieren. Am frühen Morgen spürte er, wie die Kälte von unten durch die Ritzen der dreiteiligen Matratze hochzog und ihn von unten angriff.

Auf dem Nachttisch lag eine Spritze. Dane-ben ein rußiger Löffel. Irgendwer hatte sein Bett benutzt und sich einen Schuss gesetzt. Aber darüber sprach Nonhoff nicht, und die anderen sprachen auch nicht darüber.

29

Nonhoff lag jetzt tagelang im Bett. Über ein Buch gebeugt. Das Buch hieß »I-Ging, Das Buch der Wandlungen« und man konnte damit Tipps für das Leben und die Zukunft entnehmen. Man nahm drei Münzen und warf sie sechs Mal, und die geworfene Kombination sagte etwas über den Zustand der würfelnden Person und deren Zukunft aus. Es war faszinierend. Jedes Mal warf Nonhoff ähnliche Zeichen und Zeichenkombinationen: Die Stockung, Die Arbeit am Verdorbenen, Die Zersplitterung, Der Rückzug, Die Verfinsterung des Lichts, Das Hemmnis, Die Minderung, Die Bedrängnis, Die Beschränkung, Des Kleinen Übergewicht.

Er konnte würfeln so viel er wollte, dieses Buch wusste, dass es mit einem Versager zu tun hatte. Die Zersplitterung: Große Gefahr. Klar, eigentlich brauchte er nicht zu würfeln, um das zu wissen. Er aber würfelte immer weiter und tat nichts Anderes als zu würfeln und wunderte sich, dass ihm das Buch die ganze Zeit sagte, dass er feststeckte, weil er nichts Anderes machte, als in dem Buch festzustecken und dabei zu hoffen, dass ihm das Buch sagte: Ab morgen geht die Sonne auf.

Epilog

Es fragt sich im Nachhinein, was Nonhoff eigentlich dazu veranlasst hat, Nonhoff zu bleiben. Also der Typ zu bleiben, der da auf dem Lande hockte, in seiner Hundewohnung, in der er vor allem für den Hund lebte, denn für sich selber lebte er ja gar nicht.

Einmal bei Lichte betrachtet, wieso hielt er es so lange durch, dieses Leben? Er war ja noch nicht einmal selbstständig, er lebte auf Kosten seines Vaters. Wäre er selbstständig gewesen, dann hätte sein Leben wenigstens bedeutet: Ich lebe zwar kärglich, aber ich bin stolz darauf, weil ich mich selbst finanziere. Aber Nonhoff finanzierte sich nicht selbst. Jeden Morgen, an dem er erwachte, wusste er: Ich kann nichts, ich bin alleine lebensunfähig, ich bin abhängig von meinem Vater.

War das eine Information, die notwendig war, für seinen Selbstbegriff? Konnte er sich nur so selbst begreifen? Als Sohn seines Vaters, als Abhängiger?

Als die Eltern nach der Pensionierung des Vaters auszogen aus dem Pfarrhaus, der Superintendentur, da blieb er darin wohnen. Er hatte eine Frist von etwa zwei Monaten, bis auch er ausziehen musste. Und die neue Wohnung hatten seine Eltern ihm vermittelt. Er hatte keinen Finger dafür krumm gemacht, sich selbst eine

Wohnung zu suchen. Und so musste er aufs Land ziehen, was doch für einen jungen Mann ohne Führerschein reichlich unpraktisch war. Er hätte sich in der Stadt eine Wohnung suchen müssen. Aber es war doch eh' alles egal.

Das könnte man als seinen Wahlspruch bezeichnen: Es ist doch eh' alles egal. Vielleicht auch daher seine Affinität zu No Future, zum Punk? Jedenfalls schien das eine gute Affirmation von außen zu sein. Es sind die Zeiten, in denen alle Jugendliche keine Zukunft haben, und ich bin nur einer von ihnen, und mein Protest gegen meine Eltern ist eine Gesellschaftskritik.

Abgesehen davon, dass er mit 23 Jahren schon ein etwas überalterter Jugendlicher war, war sein Nachteil, dass er auf dem Land keinen Anschluss an andere »Punks« hatte. Es gab diese Hippie-WG, die, weil es ja in Wahrheit die Hippies waren, die keine Zukunft mehr hatten, sich täglich weiter aufsplitterte und zerfiel. Auch die »Eltern« dieser Hippie-WG, Hedda und Sönke, zerfielen, indem sie alte Hippie-Ideale, hier die freie Ehe, als Ansporn und Ausrede sahen, sich anderweitig umzusehen. Aber was sie woanders fanden, war nicht besser als ihre ungelösten Partnerschaftsprobleme.

Ein halbes Jahr später spritzte sich Hedda Heroin. Ihr neuer Freund war Dealer. Sönke war noch immer einem normalen Beruf nachgegangen und hatte damit die Familie ernährt.

Und Matze? Hatte noch nicht einmal einen Beruf. Wollte keinen Beruf. Wollte Sohn seiner Eltern bleiben, wollte abhängig bleiben, auch wenn er sich nach außen hin trotzig gebärdete. Bediente sich ja auch ähnlicher Methoden wie denen seines Vaters: Immer auf du und du mit dem Spirit und der Eingebung.

Nein, Nonhoff wollte ein Leben führen, das seinen Eltern zeigte, dass ihr ungerupftes Hühnchen darauf wartet, gerupft zu werden. Er wollte ihnen ihre Baustelle zeigen, und die war er selbst, als ihr Sohn, ihr Produkt. Er wollte sagen: Schaut her, dann seht ihr euer Lebenskonzept. Es ist lebensunfähig. Im Übrigen aber auch nur so lebensunfähig, solange es nicht 1. in die Psychiatrie gehen muss, 2. nicht heroinabhängig werden muss, 3. sich nicht umbringen muss.

Denn bei allem berechtigten Leid: Nonhoff litt gezielt. Nonhoff war niemals ein ernsthafter Selbstmordkandidat. Er war nicht völlig selbstzerstörerisch. Er nahm sogar wenig Haschisch zu sich, weil ihn das schwindelig machte.

Also wollte Nonhoff in erster Linie seine Eltern auf etwas aufmerksam machen? Sie ärgern, das wäre noch nicht Grund genug für das große Opfer seines Lebens, denn er opferte ihnen ja sein Leben, aber er wollte ihnen signalisieren, dass es mit ihm nicht funktionierte, das, was sie mit seinen älteren Geschwistern wohl geschafft hatten, sie abzuservieren, mit ihren ungelösten Ängsten in die Welt hinaus zu schicken. Er wollte das Wrack sein, das seine Eltern in den Dreck gefahren hatten. Und das hatte er geschafft, ihnen das zu zeigen, er war ein Wrack, aber immer noch mit der Möglichkeit einer Reparatur, und darauf legte er Wert.

Vielleicht würden ihm Mami und Papi ja noch ein letztes Mal bei seiner Reparatur helfen?

Denn Matze Nonhoff war ja schließlich nicht lebensmüde!

Nur Robert war immer noch tot.